飛鴻傳真

楊美玲散文集

楊美玲・著

楊美玲、趙環嵐・攝影

金剛鸚鵡和哥斯大黎加某農場鳥園園主的狗「阿福」相處融洽，牠們是好朋友。野生金剛鸚鵡棲息在熱帶雨林，體型大，色彩鮮明艷麗。

這隻大嘴鳥最愛吃木瓜，是稀有珍禽之一。

體型如斑鳩大的綠鸚鵡，色澤鮮明，叫聲宏亮，是群居的鳥類。

「饑餓岩州立公園」的查理已經變成一隻標本，牠堅守崗位的精神仍在。

這隻白頭鷲年紀約三歲，白頭鷲四歲以後，才會成熟到我們熟悉的外觀。

呼叫鶴可以長到五呎高，是北美長得最高的鳥類，因叫聲低沉，而得名。成鳥羽色全白，非常漂亮。因數量極少，除了博物館，很難在野地看到。這張照片攝於芝加哥大地博物館（Field Museum）。

蒼鷺是北美最大的鷺科鳥類，喜歡停留在沼澤、池塘或河口等地。捕魚技巧非常高明，我看牠站立文風不動，但頭一低就捉到一條魚。

蜂鳥正在吸食花蜜，蜂鳥嗅覺不靈敏，因此牠們選擇的花朵，大多無味。蜂鳥特別喜愛色彩豔麗的花朵，尤其是紅色、橘色、黃色呈喇叭形狀的花朵。

蜂鳥是世界上最小型的鳥類，平均體型只有我們的大姆指一般大，為雜食性鳥類，以花蜜為主食。

紅鶴和蒼鷺、鸛、朱鷺是同族，是屬於鸛目的鳥類。

鶴影在水面閃動，好像一朵朵的彩霞。

駝鳥體高頸長，老遠就能發現敵蹤，在草原上，別的動物只要看見駝鳥在逃，也會跟著牠一起逃。

在仙人掌上築巢的哀斑鳩。

長尾布穀鳥是沙漠中的疾走王，獵取蛇、蜥蜴等為食，築巢也以蛇皮來裝飾。

美國有七個州以紅衣主教（Cardinal）為州鳥，豔麗的一身紅，是牠的註冊商標。

家雀（House Finch）原是美國西部的鳥類，由於繁殖及對環境的適應力都強，現在全美各地都可見到牠們的蹤影。

整群禿鷹在佛羅里達沼澤國家公園內的池畔閒蕩。

在沼澤溼地覓食的大白鷺。

鸕鷀展翅，悠然立在樹梢。

加拿大野雁帶著小雁悠游水中，帶來春的訊息。

序

我關懷，故我寫作

邱秀文

即使是進入網路時代，文字與影像增加了發表及傳播的無限空間，人人可寫、可說、可攝、可創、可刊，眾聲喧譁中，充滿了創造的活力，乃至譁眾取寵；然而，對於真誠的寫作者而言，卻並不會因為外在環境巨大的變化衝擊，而影響內心的信仰，那就是由愛心出發，釋出善意，積蓄溫情，引發共鳴。本書作者楊美玲就是這樣一位堅持信念的作者。

美玲是位溫柔敦厚的人，對自己接觸到的眾生常懷善念，開放感覺，留心擁抱。她不因生活的繁瑣平淡，雞毛蒜皮，處處只是無足輕重的小事，便放棄自己的洞察力，關心周遭，能從平凡中看到不凡。這使人一掃內心因單調而貧乏，因閉塞而蒼白。她總是對於人、事、地、物付出關懷，進而認真觀察，再從觀照中，貫穿進入它們的核心，找出切入點，用字句和形象表現人與萬事萬物之間的關聯，豐富自己與讀者的視野。

在自然寫作中，美玲細緻的描寫、對鳥隻的了解，與鳥兒們的互動，人和鳥類的關係，享受著與動物交會的奧妙，認識了另一個世界。其中最動人的，是在字裡行間，所蘊含的鼓舞意識，也就是鳥飛鳥落之際所彰顯的生命力。牠們每一次出發，都可能是一次冒險，卻也可能是一趟有趣、多變、壯麗的旅程，如果不能勇敢展翅飛出一步，就永遠不知道生命會有那些發展歷程。用心書寫這些鳥的故事，是對於大自然生物的禮讚，同此延伸，也是對於人的成長的一種啟示。

旅行，幾乎是現代人生活中不可或缺的一部份。不論是在我鄉或他鄉，每個人都愛戀自已的故鄉，又受異鄉的吸引；前者是懷舊，後者是好奇。旅行文字，是旅人在空間與文化交織的片斷偶遇，也是個人在某一段生命現場所留下的紀錄，不僅僅是旅遊資訊的消化，更要寓情寓意於景中，開創人與景結合的意義，往往挑戰寫作者的美學素質。美玲的筆觸怡然自在，以她對在地或他方的時空情境觀看的方式，藉一篇篇樸實的小品，希望呈現出更真實更完整的心靈行旅地圖。

生活與人是永遠寫不盡的題材，在這個範圍內，人人都有記憶，都有經驗，都有感懷，都有故事可說。美玲也不例外，她全心全意將一層又一層的回憶和情感組織起來，將種種美好或思考聚焦成為篇章。此類文章之所以不易寫，在於它們看似隨意或閒話家常，卻需要在細微的脈絡中，將平常浮面的表象或瑣碎抽離，深入找到感知的肌理與重量，把它們的感性或說理躍然在讀者眼中，令讀者產生同感，進而願意將他人的故事讀下去。美玲在這一方面的努力顯然可見。

在舊金山的芳草地花園（Yerba Buena Garden）有一座紀念美國民權領袖、諾貝爾獎得主、非裔牧師馬丁、路德、金恩（Martin Luther King）的水瀑石雕，這座簡樸的水雕，高五十呎，寬二十呎，水由上方的水塘傾下，順著石雕流入池裏，池中鋪著不規則的石塊，使水流起伏而有波浪。設計此一紀念水石的藝術家康維爾（Houston Conwill）的靈感，顯然是根據金恩最著名的演說：「我有一個夢想」（I have a dream）而來。

金恩在這篇被奉為舉世經典的演說中，有一名句：「我們不會滿意，直至公平如浩水奔流，正義如勁溪泛湧」。同樣，在阿拉巴馬州蒙哥馬利市，由華裔藝術家林瓔設計的人權紀念碑，有一部份也是牆頂有水，水順著牆面汩汩往下流，流過牆面上刻著的字象，是和上述相同的一句話。

兩位藝術家都呼應主題的「水」，成了一種感情誘因，當參觀者見到景觀、人物、文字而感動的流淚，那些淚水也成為紀念建物的一部份了。創造者不止是為歷史人情而創造，更是把自己放在一個心靈探索的位置，為人與人的心靈交流找到共鳴。寫作者最宏大且最深遠的追求，又何嘗不是如此呢？

相信美玲在完成這本書後，將進入一個新階段，祝福她更加挖掘人世間感情的交融與契合，並用文學的力量來完成。

二〇一〇年年初，於美國舊金山

自序

保留一段心情

楊美玲

某天，朋友與我閒聊，問我整理舊文章的時候，會重新修改內容嗎？還是就保留原來所寫的？我說：「除了錯字，我不再更改原來所寫的，有時我會加一段註，寫現在重讀舊文的感受，就這樣而已。」

我相信，文章是永遠沒辦法修正到無瑕疵的，保留原文，就是保留了當時寫作的心情。人的心情，很容易隨著時間的流動，而有所改變，而文章記錄下來的，正是那難得的瞬間情緒。情緒有時衝動，有時平緩，有時讓你懊惱不已，有時又讓你回味無窮，正是有那抑揚頓挫，才有那高潮迭起，也才能讓人低迴不已。

保留當時的心情，也正是我整理舊文章時最大的收獲。很多文章，我重新再看一遍的時候，自己都覺得訝異，當時為什麼會這樣寫？有時看到幾個好句子，我連自己都佩服，當時是怎樣的一個景致，讓我有這樣的文思？某些辭句，我恐怕這一輩子再也寫不出來。

細讀文稿，我大略將它分為三個單元：一、飛鴻傳真。二、旅途行蹤。三、浮世印痕。「飛鴻傳真」，是我為「國語日報」青少年版寫的一系列有關鳥類的專欄，我以鳥為主角，用散文寫牠們和人類的互動，用相機捕捉牠們的曼妙身影。有些鳥就在我家庭院自由飛翔，有些鳥卻是我千辛萬苦跑到沙漠才拍到，有些鳥我冒著寒風到冰冷的原野等待，有些鳥我在風和日麗的花園中相遇。賞鳥、寫鳥、拍鳥為我的生活增添許多樂趣。

「旅途行蹤」，是我到各地旅遊留下的印象與心情，「浮世印痕」，則是我周遭的人事與零星的生活點滴。

最近朋友傳來讀者信函，問起九歌出版社《茵茵的十歲願望》一書中，主角茵茵是虛構的還是真有其人，如果真有其人，茵茵現在多大了，她的近況如何？《茵茵的十歲願望》於一九九三年出版，到現在仍有讀者閱讀，讓我意外又欣喜。茵茵的故事並非虛構，它的確是我女兒的故事，隨著歲月，茵茵也長大了。旅途行蹤與浮世印痕這兩個單元，有許多文章與茵茵的生活有關，有我們母女之間的溝通，也有茵茵十歲以後的生活片斷。我想，看過「茵茵的十歲願望」這本書的讀者，也會有興趣更深入了解茵茵的成長。

在美國，多數家庭有個習慣，他們在孩子睡前會為孩子朗讀，孩子漸漸長大，他們看到的好書，也會推薦給父母，因此，家人之間有許多共同閱讀的書籍，也有許多共同的話題，因書的聯繫，父母子女之間就不致於疏離。

美國人這種親子共同閱讀的好習慣，的確影響到我的想法，也因此，我一直希望有機會出版一本散文集，而這個集子的文章不論青少年或成人都可以閱讀，它應該是屬於家人共賞的文學書，有了這樣的理念，因此，我在選文章的時候，也就特別留意，希望我的文章，不僅能讓青少年拓展心胸視野，也能與大人共同分享我的生活經驗。

我相信，人生每一階段，皆有每一階段的感受。來到海邊，我記下看水的心境，走入山林，我寫下對一草一木的感動。整理舊文章，讓我對過往的日子，爬梳一段記憶。生活是如此花花綠綠，無頭無緒，一篇篇文章，就像在穿梭的時光中，留下一個一個的點，當我把這些點點，重新串成一條美麗的項鍊時，十幾二十年來的生活層面，也就一一在眼前重新浮現了。

保留一段心情，保留一段過往的記憶，就算當年粗礪笨拙的文句，也讓它留下吧！

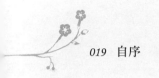

CONTENTS

飛鴻傳真

旅途行蹤

浮世印痕

飛鴻傳真

鳥園記趣

去年暑假，女兒到「哥斯大黎加」的農場當義工。這是「國際學生義工組織」和各大學合作舉辦的活動之一。學生不但可以藉著活動，到海外學習，也可以趁著假日，貢獻心力，幫助當地社區需求。因她主修生物工程，所以選擇與生態保育有關的活動。

澳洲、非洲、南美都有生態保育的項目，學生可以選擇喜歡的國家前往。哥斯大黎加的生態保育又分蜂鳥、海龜、鸚鵡等好幾個小組。

女兒分發到金剛鸚鵡（Macaw）組。她工作的地點，在農村一個以金剛鸚鵡為主的鳥園。金剛鸚鵡是哥斯大黎加的國寶。野生金剛鸚鵡，棲息在熱帶雨林，體型大，色彩鮮明豔麗。因為珍貴，就有人想盡辦法獵捕、盜賣。許多非法走私的鸚鵡，被專家發現或被海關查扣沒收，就送到這個鳥園。鳥在這邊重新學習野外求生能力，等到能夠獨立，再野放回大自然。這個鳥園，說穿了，就是個「落難鳥」收留中心。

鸚鵡，本來是很普通的鳥類，但現在已經有許多品種瀕臨絕種。數量與日俱減的主因：一是森林遭採伐，使其棲息地逐漸喪失，二是人類捕捉飼養。有些不肖商人出高價收購，更助長了盜獵之風。

除了金剛鸚鵡，鳥園中還有各類珍禽，包括非洲灰鸚鵡、犀鳥、火雞等，大都是瀕臨絕種的品種。

鸚鵡組的成員來自英國、加拿大和美國，他們都是生物相關科系的學生，有人利用暑假修學分，有人當義工，幫忙蒐集研究資料。

金剛鸚鵡非常聰明，只要健康，都可以在園中自由飛翔。農場很大，鸚鵡可以活動的範圍很廣。白天，牠們會飛到鄰近的農家兜風，傍晚，學生就得出去找鳥。學生找鳥的方式很特別，他們在附近的農家繞一繞，大聲叫「Macaw！Macaw！」，鸚鵡就會飛回鳥園。也許鸚鵡真的那麼聰明，能聽得懂人語，也許鸚鵡只是餓了，聽到人的叫聲，知道開飯時間到了，趕緊回來填飽肚皮。

暫時棲身鳥園的金剛鸚鵡，離回歸到自然棲息地的雨林，尚需一段時間，但牠們在這兒，可以無拘無束到處兜風，過的可算是高品質的生活了。

金剛鸚鵡喜歡親近人。有一回，女兒爬到一棵大樹，鸚鵡看到她在樹上，也整群飛過來湊熱鬧。除了人類，牠們和園中其他動物也相處融洽，園主的狗「阿福」，就是鸚鵡的好朋友。清晨五點，鸚鵡就「阿福！阿福！」叫不停，牠們那低沉吵嚷的音色，就是最好的鬧鐘。只要鸚鵡開口叫阿福，學生們就知道該起床了。

鳥園中，仍有一半的鳥被關在籠子裡。這群鳥是園中的弱勢團體，最需要人類關懷照顧。籠中鳥，不是翅膀被剪過了的，就是體力孱弱，有些甚至曾遭受過虐待，不能自行進食。有一隻白鸚鵡，非但不肯進食，還不斷自拔羽毛，全身的毛都快被拔光了，這隻鳥被診斷出心理受傷，以致自殘。有隻出生不久的大嘴鳥，是女兒的心肝寶貝，她每天餵牠吃木瓜，有了極深的感情。有天清早，鳥兒突然不能動彈，莫名其妙就魂歸西天了，可見照料稀有動物多麼不容易，除了要瞭解牠們的習性，還需要特別的愛心和耐心。

女兒的工作，除了觀察鸚鵡的行為和反應，也包括餵鳥，栽種鳥食。播種、除草、耕耘、收割，全都一手包。鳥園的工作，讓女兒有不同的生活體驗。她在一封來信中提到：「這些繁重的瑣事，弄得我們疲累不堪，工作一天後，最期盼的，就是晚餐時間。我們吃的是農場種的蔬菜、水果，因為親手摘取，吃起來，感覺味道特別鮮美。這裡，除了收養的動物外，我還目睹許多野生動物，像變色龍、蜥蜴、青蛙、蟾蜍、珊瑚蛇，這些傢伙，我大都是在晚餐後，於浴室中與牠們不期而遇。」這封信，都是她的親身體驗，一點都不誇張。我收到這封信時，心中有點不捨，很難想像在浴室中碰到蛇及變色龍的情景。女兒卻很得意，因為她有這麼不平凡的經驗。

女兒從哥斯大黎加回來，皮膚曬得黑黝黝，人也瘦了半圈，卻精神奕奕。她送我一本相簿，主角全是她照顧過的鳥兒，和她在鳥園中不期而遇的野生動物，小動物大都可愛逗趣，但也有幾張挺嚇人，像是毒蜘蛛、毒青蛙之類。鳥園的點點滴滴，讓女兒在大學最後一個暑假，有了彌足珍貴的回憶。

浪跡異鄉的綠鸚鵡

某日清晨，我聽到吱吱喳喳的鳥鳴，既聒噪又清脆，音色特殊。常到我家對面公園遊蕩的鳥，海鷗、紅衣主教、知更鳥、班鳩、山雀，我都叫得出名字，對牠們的聲音也很熟悉。當我正思索著這是什麼鳥時，老公興奮的要我靜下來聽一聽。他說，這聲音他非常熟悉，那是綠鸚鵡，校園內，一年四季都有牠們的蹤影。

外子服務的芝加哥州立大學，在芝加哥城南，校園環繞在林中。從他的辦公室，放眼望去，就是青綠一片。他常告訴我，綠鸚鵡總是成群在林中飛舞，或到草地覓食。他工作累了，頭一抬，望向窗外，就有野鳥可賞。

他總是繪聲繪影談這些鸚鵡，我卻從來沒有認真地想進一步了解牠們，直到那天，聽到嘈雜奇特的叫聲。

已是秋末，公園的葉片落盡了，獨留滿樹的紅果實，一群綠鸚鵡停駐枝頭，細細品味肉實多汁的果子。牠們專注享用大餐，輕輕地用腳將果實送入口中，無視站在樹下的我。老公說學校在擴建，校園的樹被砍掉許多，也許少了棲息地，少了大樹的庇蔭，鸚鵡往北飛，才會來到這個公園覓食。

我的鄰居喜歡寵物，冬天，庭院總是掛滿鳥屋，讓野鳥在寒冷的天候中，有食物可飽食。老先生在芝加哥住了七、八十年，對於芝加哥一景一物，瞭若指掌。他看我專注賞鳥，彷如找到知音，許多故事，就由他口中源源道來。他告訴我這種鳥叫「Monk Parakeet」，來自南美洲，並不是芝加哥土生土長的鳥類。

一九七〇年代，芝加哥發生一件有趣的事。一批進口的寵物鳥，從芝加哥國際機場逃離。老先生說，當年，報紙都登了這則新聞。他相信如今芝加哥市內及郊區的野生綠鸚鵡，都是當年這批落難鳥的後代。這群鳥從機場向東南飛，飛到密西根湖畔又折返，落腳在芝加哥自然科學博物館旁邊的海德公園。

體型如斑鳩大的綠鸚鵡，色澤鮮明，叫聲宏亮，深受當地居民喜愛。附近居民還成立「共賞鸚鵡俱樂部」，刻意保護牠們。沒有人為的騷擾，鳥兒開始在海德公園築巢。

綠鸚鵡是群居的鳥類，銜樹枝築巢。牠們的巢相當獨特，類似蜂巢，有隔間，有不同的出入口，巢雖共有，每一對鳥，卻各有獨自的生活空間。好像人類住在同一棟大樓，卻各立門戶。當老巢大到不能負荷時，幼鳥才會分巢，另覓新居。有專家認為，鸚鵡的自然棲息地，在熱帶雨林裡，芝加哥冬季酷寒，這些鸚鵡在戶外竟能存活，就是因為牠們居住的共有巢，有群聚取暖的功能。

三年前，某個夏日午後，芝加哥下了一場暴風雨，無情的閃電，擊倒海德公園一棵大樹，這棵樹，正是綠鸚鵡的老巢。那個大巢，聽說住了幾百對綠鸚鵡。家毀於一旦，鸚鵡只得四處流散。

天災難測，浪跡到芝加哥的綠鸚鵡，也差點因人為因素，命喪黃泉。一九八八年，美國農業部門曾擬定一項計畫，想要撲殺這些外來鳥。官員們擔心這些鸚鵡，將會肆無忌憚，大量吃食附近的農作物及果實，造成生態不均衡。這種說法，引起公怒。鳥迷們硬是不相信，區區幾隻鳥，能吃掉伊利諾州多少農作物？分明就是政府官僚作風，因而群起攻之。此事在當年，鬧得沸沸揚揚，這項計劃終究胎死腹中。

外來鸚鵡是否真的會對伊利諾州的生態造成威脅，需要專家長時間的研究與評估，否則很難定論。但據我每日觀察，綠鸚鵡的食量的確驚人。牠們早晚各來公園一趟，一群總有二十來隻左右。短短兩個星期，就把公園內，靠近我家那幾棵樹的果實，吃得精光。以前，雪花飄落，有紅果點綴，就算天寒，也覺得挺有詩意。現在，公園成了鸚鵡餐廳，枝頭少了紅果，寒風吹襲，枯枝搖曳，整個冬季，就顯得蒼涼了。

原本應在雨林快樂飛翔的鸚鵡，流落他鄉，也是一種悲涼。只因牠們長相討喜，就被人們當寵物販賣。鳥兒為爭自由，千辛萬苦逃離機場，築巢，繁衍後代，竟把他鄉當故鄉，其命運，可悲可憫呀！也不過是為了裹腹，人們怎能忍心責怪牠們吃相的貪婪？

我像眾多鳥迷，愛極了這群鸚鵡。每回聽到吱吱的叫聲，總是迫不及待，出去欣賞。鸚鵡來訪，為繽紛秋色，再添一景。左鄰右舍，也因賞鳥相聚在樹下，有了共同話題。賞心悅目的綠鸚鵡，除了貪嘴，對社會並不造成傷害。與其全面撲殺，不如教導民眾，更深入解牠們的習性。

貓頭鷹查理

貓頭鷹是獨來獨往的猛禽類。我國古代，稱貓頭鷹為「鴞」或「鴟鵂」，形容牠：「體長一尺多，色淡褐，頭銳圓，嘴鉤曲，眼大，爪利」。這樣的描述，著實一副兇猛模樣。其實貓頭鷹雙眼圓溜溜，體型胖嘟嘟，模樣可愛。也有人稱貓頭鷹為「夜貓子」。這可能是牠們的頭部外型，酷似貓，多半在夜間出來活動的緣故。貓頭鷹棲息在森林、曠野、沙漠、極地凍原，幾乎世界各大洲都有牠們的蹤跡。

看到貓頭鷹查理變成一隻標本，站立在遊客中心的辦公室時，我有點感傷。

每年，我都要到伊利諾州「饑餓岩州立公園」（Starved Rock State Park）玩幾趟。這個公園是四億二千五百萬年前，冰河時期遺留下來的痕跡。沿著伊利諾河順勢而下，有十八條地形結構特殊的峽谷，峽壁是億萬年堆積而成的頁岩，瀑布、流水穿梭其間。冬季，瀑布結冰的美景最具特色；夏季，這兒是健行的好去處；秋高氣爽時，看紅葉飄落，令人心曠神怡；春天融雪後，又可欣賞萬物復甦的景致。饑餓岩離芝加哥不遠，開車不到兩小時。學生遠足、旅行，社團辦活動，都喜歡來到這裡。

查理在這個依山傍水的環境長大，讓許多人羨慕。可不是？牠的周遭一年四季訪客不斷，別說偶爾過境的野雁、白鵜鶘、白頭鷲，給人有朋自遠方來的欣喜，就是一年四季都待在園中的小鹿、水獺、麝香鼠、浣熊、飛鼠，也都親切和善，讓人感覺溫馨愉悅，牠們都是查理的好朋友呀！

多年前，我第一次來到饑餓岩州立公園，一進遊客中心，目光就被查理所吸引。牠溫馴的站在櫃台，一派資深員工模樣。小朋友圍著牠指指點點，牠卻老神在在。

原來，查理是公園裡紅得發紫的模特兒，世面見多了，難怪一點都不怕生。公園有許多生態保育的課程，查理經常跟著授課老師進出研習教室。牠不需騷首弄姿，只要站上講桌，安靜的睜大雙眼，靈活的轉動脖子，東張西望，就足以展現牠的威嚴。學生們從牠身上，認識貓頭鷹的生活習性。

貓頭鷹耳聰目明，掠食本領高，是肉食性的動物，只捕捉活的動物，不吃死屍。查理當然不例外，牠愛吃活魚、新鮮昆蟲、聒聒叫的青蛙、活蹦亂跳的地鼠，總而言之，越是生猛，越是吃得津津有味。

每次到饑餓岩公園，我喜歡先到遊客中心逗逗查理，再去爬坡健行，或到峽谷看瀑布。有一次和管理員聊起，才知道查理天生殘障，牠的翅膀無力，無法飛翔。怪不得老是看牠拍動雙翼，卻沒有高飛的意願。一九八七年，生物系教授保羅博士同情牠年幼體弱，收留牠，把牠訓練得溫文有禮。查理雖是一隻雄貓頭鷹，卻有超凡的愛心與耐心，公園裡若有人揀到年幼的貓頭鷹，交由牠當保母，準沒錯。經由牠照顧長大的小貓頭鷹，約有二十隻。

查理於二〇〇四年自然死亡，活了十七歲。十七年的歲月，過得多采多姿。牠雖殘障，無法在野外自由飛翔，但是牠安份守己，每天來到辦公室，和小朋友以及無數遊客共渡美好時光，牠引領我們走進大自然的教室，教導大家生態保育的重要。

現在，牠變成一隻標本，不再發出咕咕的叫聲，不再伸展雙翼，不再生龍活虎，可是，牠堅守崗位的精神仍在。牠依然站在櫃台上，此刻，我又看到小朋友圍繞在牠身旁，管理員正忙碌的回答每個孩子提出的問題。

饑餓岩賞白頭鷲

美國人都喜愛白頭鷲，並以牠為國鳥。在美國，不管是錢幣、郵票或是街頭，到處可以看到白頭鷲的圖像。印地安原住民對白頭鷲更是崇敬，有些部落視鷲如人，有些部落以鷲羽裝飾節慶服飾，有些部落只有最英勇的戰士，才能得到鷲羽的賞賜。

每年冬季，加拿大及美國的明尼蘇達州、威斯康辛州等地的白頭鷲就會南下覓食，大約有二千五百隻左右的白頭鷲，會停駐在密西西比河上游以及伊利諾州附近河川的水壩周圍。伊利諾河流經尤地卡（Utica）處，築有一個大水壩。尤地卡是饑餓岩州立公園所在地，登上饑餓岩向下鳥瞰，即可見到水壩橫跨河川兩岸，氣勢雄偉。

這個水壩，是白頭鷲冬季喜歡來訪之處。

白頭鷲喜歡棲息在湖泊、河川、沼澤等水域附近，以獵捕魚類和水鳥為主食。牠們也吃兔子、松鼠等小動物，當食物缺乏時，甚至連腐肉，動物死屍也都變成美味。北國酷寒，當明尼蘇達、威斯康辛等地的河川都結冰時，白頭鷲再也找不到食物了，就會循著河岸南遷。尤地卡水壩附近，由於水位深，且不斷流動，冬天不會結冰，魚量又多，自然成為白頭鷲喜歡旅居之地。

每年一月、二月，白頭鷲來訪季節，饑餓岩州立公園就會舉辦賞鷲活動，遊客可以自由前往，也可以預先報名，並請專家解說。

戶外賞鷲，裝備要齊全，禦寒的衣物絕對不可少，攝式零下的氣溫，可是會讓人凍得皮肉發麻。也別忘了帶著望遠鏡，白頭鷲體型雖大，若要細看牠捕魚的狠勁，非得借用望遠鏡頭不可。

我報名參加專家解說團，出發前，我們先上了一堂研習課，了解白頭鷲的生態習性後，再看一段影片。

白頭鷲分佈在北美洲，從阿拉斯加、加拿大到墨西哥北部都有。在美國，除了夏威夷以外，都可以看到牠們的蹤影。體型上，雌鷲比雄鷲大許多，雌鷲平均體重十到十四磅，雄鷲只有八到十磅左右。在北美，白頭鷲的數量曾經高達五十萬隻左右，但由於人類獵捕及不斷開發土地，白頭鷲數量遂銳減，一九六三年有人統計，美國只剩不到五百對的白頭鷲，一九六七年，白頭鷲就被列入瀕臨絕種動物了。

白頭鷲最大傷害的禍原，就是人類使用殺蟲劑ＤＤＴ。ＤＤＴ是用來撲殺蚊子及小昆蟲的藥劑。雖然白頭鷲的主食是魚，但魚吃下含有ＤＤＴ毒劑的昆蟲，白頭鷲再吃下體內含毒的魚，在食物鏈的循環下，白頭鷲就成了間接受害者。

ＤＤＴ沉積在白頭鷲體內，可以持續數年之久，毒素使得白頭鷲產下的卵，殼薄而脆弱，這些蛋，不是一產下即破裂，就是被母鷲孵育時給坐破了，這其間，僅有少數的小鷲能夠孵出。

一九七二年，美國禁止再使用ＤＤＴ，白頭鷲的數量才逐漸回升，目前白頭鷲已經從瀕臨絕種動物除名。

白頭鷲經常獨來獨往，天氣暖一點，牠們就會到處去覓食，只有在非常寒冷的時候，牠們才會高高站在枝頭，以節省體力。因此，天氣越寒冷，越有機會看到牠們。

我們只能站在水壩旁，遠遠觀望。遠處河川中間的小島上有一棵樹，上面有許多鳥巢，聽說白頭鷲最喜歡停在這棵樹上。解說員告訴我們，白頭鷲客居他鄉時並不築窩，樹上的巢原是鸕鶿的窩，但白頭鷲就像強盜，一來就霸佔。根據公園的記錄，入冬以來，最寒冷那天，曾經有二十五隻同時在樹上。

那天，我只看到三隻站在巢邊，還有幾隻在飛翔。冬日的陽光非常柔弱，但白頭鷲仍在空中勇敢遨翔，看著看著，我的心靈也隨著牠張大的翅膀飛揚，感到溫暖。

野地的沙丘鶴

鳥類的移棲，始終是自然界中一個令人百思不得其解的謎，牠們靠什麼來決定航向？北極星？太陽？地磁？沒有人確切知道。

我們可以確知的是，秋風吹起，鳥類就知道要飛向溫暖的地方過冬。

去年十一月中旬，在《芝加哥論壇報》看到一篇鶴群移棲的報導，我的心立刻驛動不已。在芝加哥住了那麼多年，每天面對的，不是林立的摩天高樓，就是川梭不息的車流，日出、日落習以為常，對於美的感覺，幾乎麻木不仁。看完文章，我走到室外，深深吸了一口氣，仰望天空，一群加拿大野雁正從天邊掠過。立刻，耳邊又響起一陣吱吱啞啞的鳥鳴，一大群綠色的野生鸚鵡，就停在我家對面的小蘋果樹上，享受美食。那一瞬間，的確觸動了我。大自然就在周遭，就在眼前，我竟全然不知，一股莫名的欣喜與失落感油然而生。我決定要親眼去見識一下群鶴移棲的場面。

賞鶴地點在印地安那州的Medaryville鎮，距離芝加哥約一個半小時的車程。當地有一處野生動物保留區，這個區域正是鶴群移棲的中途休息站。

鶴科的鳥類曾有一度非常繁盛，後來隨著環境的變化而逐漸衰弱。三十八種已知的鶴中，目前只有十四種得以存留。這十四種鶴，除了南美洲外，廣泛地分布於世界各大洲。在寒帶和溫帶繁殖的種類，通常到秋天便向南移棲。

每年九月底十月初，成群結隊的沙丘鶴（Sandhill Crane）即陸陸續續來到印地安那這個野生動物保留區。牠們的伏窩地在密西根、威斯康辛、明尼蘇達，以及加拿大南部地區。十一月中旬到十二月初，是高峰期，也是賞鶴的最佳時機。鶴群在此渡過漫長秋季及初冬，天氣更寒時，即飛往氣候溫暖的喬治亞州及佛羅里達州。

感恩節前夕，女兒回家過節，老公也忙完了學校的雜事。午後，一家三口面面相覷，我遂建議與其呆坐家中，不如出外賞鶴。

出門時，氣溫約在攝氏零下二、三度左右，我們估計原野會更冷，禦寒的衣物全帶齊了。到達目的地，已經三點半，天色不再明朗。保護區內，僅有一間小小的辦公室，除了兩位公園管理員，還有幾個獵人正在申請獵鹿及獵野雁的執照。

管理員得知我們特地來看鶴，興奮的和我們聊起來。他在這邊扮演數鶴人的角色已經二十二年，年年與鶴為伍，越數越有勁。他告訴我們，他每星期做一次統計，據他估算，入秋以來，已經有超過一萬六千隻的沙丘鶴路過此地，就在幾天前，他還看到一隻白色的呼叫鶴（Wooping crane）呢！呼叫鶴原本在美洲大草原有大量的族群，後來因為美國開發大西部，加上人類的獵殺，族群逐漸衰微，至一九四〇年時，竟只剩下十五隻在德州過冬。目前，呼叫鶴的數量仍不多，靠人工繁殖的，約有兩百隻左右，野生的，僅有一百七十四隻。難怪他提起看到呼叫鶴時，眉宇間洋溢著如此歡悅的神情。

話匣一開，管理員如同遇到知己，他約我們春天鶴群返鄉時再來。他說，二月到四月間，是鶴的繁殖季節，到時，整片原野隨時可見結成伴侶的雌鶴與雄鶴在春風中起舞。鶴的舞姿曼妙，腳步輕盈，昂首、交頸、展翅、跳躍，比舞台上的芭蕾舞伶還輕巧。他還頗引以為傲地說，只要遠遠聽到鶴的叫聲，他就能分辨出那是求偶聲或是搶地盤的爭戰聲。他告訴我們，沙丘鶴長到三、四歲時，開始求偶，一旦結為夫妻，便形影不離，終身相隨。初夏，母鶴產卵，通常一窩生兩個蛋，孵卵的工作，由雌、雄鶴輪流擔任，但一般只養育成功一隻幼鶴。幼鶴跟隨父母八至十個月，直到來年春天，親鶴重築新巢，幼鶴才被迫離開而獨立。

沙丘鶴從Medaryville飛到佛羅里達還有四天的行程，之前，牠們從加拿大等地南下，已經耗盡了大半的體力，因此，需要在這個保護區內停留，養精蓄銳。白天，牠們群聚在附近的麥田、玉米田，檢食農家秋收後的殘穀，或吃些野地的昆蟲。傍晚，鶴群就會飛回保護區的沼澤地過夜。因此，賞鶴還得挑個特定時間，只有在傍晚或清晨，才能在保護區內見到牠們的蹤影。

沙丘鶴非常敏感，為了避免牠們受到驚嚇，保護區設有瞭望台，台上並架立多部望遠鏡。遊客只能站在瞭望台上觀賞鶴群，但是可以透過望遠鏡頭，細看鶴飛翔及降落的美妙姿態。

四點半左右，天色漸暗，我們爬上瞭望台，開始等待。果真沒過幾分鐘，就有一群野鶴飛來，接著，十隻、二十隻、上百隻、上千隻，頓時，整片天空全佈滿了遨翔的野鶴，有些鶴群一字排開，有些鶴群呈人狀排列。鶴在飛時，長長的脖子往前伸出，拍翅的動作緩慢而有力，優雅極了。此時，隨著西沉的夕陽，天色也起了微妙的變化，先是燦爛的金黃映照枯林，接著是柔美的粉色灑向平野，一片薄雲飄過，似又射出紫光。

鶴群降落時，翅膀輕拍，細腿輕揚，濺起陣陣水花，平靜的沼澤，頓時熱鬧起來，叫聲低沉的鶴鳴，彷如序曲，為靜寂的原野拉開夜幕。

鶴越聚越多，沼澤的空間相對變得狹窄，我估算一下，約有五、六千隻左右，壯觀極了。牠們將在這裡休息一陣，之後，重新組隊，再出發。

皎潔的明月已經昇起，野地雖荒寒，一場繽紛的夜戲才正要上演！鶴與鶴之間，交頭接耳，互訴衷曲。你聽！那深沉的嗓音，正唱著：「愈夜愈美麗！愈夜愈美麗！」

與輕型機同翺翔——呼叫鶴移棲計劃

每年十月底，芝加哥附近會出現一群奇特的飛行隊伍。這支隊伍，由一部超輕型飛機領隊，帶領一群姿態優雅的呼叫鶴（Whooping crane），在天空呈人字型排開。

呼叫鶴原本在美洲大草原有大量族群，後來因為美國開發大西部，加上獵殺，族群逐漸衰微，根據專家統計，一八六〇年，約有一千四百隻左右，至一九四〇年，竟只剩下十五隻。經過人為保育，這群野生鶴逐年增加，到二〇〇三年，已有一百八十四隻。科學家雖刻意保護這群野生鶴，卻也不免擔心如此弱勢的族群，禁不起一場颱風的侵襲，或一場疾病的肆虐而絕種。於是，科學家遂採取人工繁殖，再進行野放的方式，來擴大呼叫鶴的數量。目前，靠人工繁殖的呼叫鶴，約有兩百多隻，加上野生的，總共也才四百多隻。

為了帶領人工繁殖的呼叫鶴在寒冬來臨時移棲，科學家利用超輕型飛機訓練牠們飛行。

護送鶴群移棲的策劃工作，從一九九四年就已經開始，直到二〇〇一年，科學家才展開這項實驗性質的飛行。第一年，帶了七隻鶴南下，第二年帶領十六隻鶴飛行，至今成果豐碩。護送的輕型飛機有四部，工作包括輪流領隊、探測風向、觀察降落地點等。

孵育幼雛，在馬里蘭州的Patuxent野生動物研究中心進行。飛行計劃，從四月、五月鶴還在卵中孵育時就已開始，鶴是屬於早成性的鳥類，還在蛋裏面時，就會在殼裡細聲的叫，因此，孵育期的最後十天，科學家就在周遭播放輕型飛機的噪音以及母鶴的叫聲，讓牠們熟悉聲音頻律。小鶴長到兩星期左右，飛行員即漸漸接觸小鶴，拿些小鶴玩偶逗牠們玩，同時在飛機附近放些假鶴，吸引小鶴親近這個大怪物。為了避免鶴太依賴人，而失去野外求生的本能，科學家只讓飛行員和餵養者靠近。人與鶴接觸時，也必需裝扮成鶴，全身以白布緊密包裹，連臉孔都不能露出。

鶴長到四十至六十天左右，就被送到威斯康辛州中部的Necedah野生動物保留區，進行野地訓練，在這邊，牠們要學會在濕地覓食、展翅高飛等各項技能。

秋末冬初，呼叫鶴開始南下的旅程，由Necedah保留區出發，目的地是佛羅里達中西部海岸的Chassahowitzka野生動物保留區，這是一段漫長的路途，途經伊利諾、印地安那、肯達基、田納西、喬治亞幾個大州，全程約有兩千公里。

狀態良好的情況下，一天可以飛行一百五十公里。飛行的速度，往往和鶴的體力、天氣好壞以及風向有關，有時牠們一天只飛三十公里就得停下休息，有時風把隊伍吹散了，飛行員還得費點功夫把牠們找回來（每隻鶴都帶有追蹤器）。這些嬌貴的鶴一落地，工作人員就得急忙把牠們聚集在一塊，用臨時籬笆圍起，以免半夜被野生動物吃掉。第一年飛抵佛羅里達的七隻鶴中，就有兩隻被山貓（Bobcat）吃了，讓工作人員不得不特別顧慮這些意外事故。

科學家原先期望鶴群經過三年的飛行訓練，就不再依賴飛機護送，而能自行認路，由經驗老道的識途老鳥，帶領初生之雛。呼叫鶴平均長到五歲，即開始生育繁殖，如果鶴的下一代，能由牠們的父母帶領飛行，科學家的心血，就不算白費了。

這項飛行實驗的結果，出乎科學家的預料。二〇〇三年四月，二十一隻呼叫鶴自行整隊，從佛羅里達往北飛，牠們花了一個月的時間，沿著老路返鄉，回到威斯康辛的Necedah老家，這回，沒有飛機護送，牠們憑著真本領回到故鄉。

＊註：科學家將呼叫鶴分為兩大族群，在德州過冬的一群是野生鶴，在佛羅里達過冬的為人工繁殖的一群。佛羅里達在二〇〇六年二月初有一場致命的龍捲風，造成約二十人死亡。人受害，連鳥也不能倖免。我在《芝加哥論壇報》看到一則新聞，當時由威斯康辛州用輕型機帶領飛到佛羅里達的十八隻呼叫鶴，也在這場天災，確定死了十七隻，剩下那一隻，科學家還在尋找。後來我就不知道那一隻的下落如何？天災難測，豈能不悵然！

蒼鷺

朋友家的後院有個小池塘，池塘種滿蓮花，養了一些金魚、鯉魚，旁邊擺放一座陶製的蒼鷺。蒼鷺姿態優雅，表情生動，使庭院更顯得美侖美奐。我們坐在院中喝茶，隨意閒聊起來。我說，庭園真美，如果那座陶藝品化成一隻真正的蒼鷺，就更令人陶醉了。朋友忙回答：「我擺這隻蒼鷺的目的，就是怕那些惡客來到我的院中呀！那些不速之客一天到晚光臨，我心愛的金魚、鯉魚一尾接一尾的成為祭品，都進牠們的五臟廟了。」

朋友告訴我鳥會劃地自限，鳥和鳥之間有一道無形的牆。鳥類容許不同種的鳥侵入牠們的土地，但絕不容許同種的鳥闖進來，因為不同種的鳥不是來競爭的。事實上，牠們也不太會侵入別隻鳥的地盤，因此，放一隻假鳥，就能嚇走真鳥。她還說：「那些蒼鷺可精得很，我這隻假蒼鷺還得常常變換位置哩！不然牠們看這傢伙老是不動，知道是個假貨，照樣入侵。」

朋友住郊區，視蒼鷺為不速之客，我住市區，卻很羨慕能日日與蒼鷺為伍。

蒼鷺屬於鸛鷺目，是鷺鷥的一種。鷺科的鳥類有六十幾種，體型有大、有小，顏色非常多樣。我們在台灣常見的鷺鷥，大都是白色，體型較小。我小時候，常常坐在稻田旁邊，看整群的白鷺鷥，漫步在農田中，或立在牛背上，潔白的羽色，襯著農村綠田，成為我童年最美麗的記憶。蒼鷺色澤呈灰藍色，體型比白鷺鷥大很多，卻和白鷺鷥有著共同的特徵和習性，牠們都有長長的脖子，長長的細腳和尖嘴，這樣的體型，便於牠們涉水和捕食。同時，牠們身上都長有粉綿狀的羽毛，前端不斷有粉產生，擦在羽毛上，能使羽毛得到耐水性。

我第一次見到蒼鷺，是在佛羅里達一個空曠的沼澤地。我們租了一艘船，準備在沼澤區尋找鱷魚，船一出航，我才驚異的發現，看似荒蕪的沼澤地，卻蘊藏著無限生機。沼澤岸邊，有白頭鷲築巢，船行過處，一群群的大白鷺在天際飛舞。在一處淺水區，我們稍作休息，忽然飛來一隻龐然大物，牠從容降落水面後，就靜止不動，彷彿一座石雕立在水中央，船夫告訴我那就是蒼鷺，也是北美地區最大的鷺科鳥類，身長可達四英呎。船夫還教我辨認在飛翔中的鶴和蒼鷺，他說鶴和蒼鷺，雖然外型相似，但鶴在飛，脖子伸直，蒼鷺飛時，脖子呈S型，很容易區別。

我後來才知道，能直立在水中文風不動，原來是蒼鷺捕食時特有的本領。牠靜立在水中，等待魚、青蛙、小烏龜來到牠的視力範圍之內。當牠看準獵物，脖子猛然往前一伸，就算再厲害的傢伙，也逃不過牠銳利如長矛的尖嘴。

鷺科是群居性的鳥類，但蒼鷺卻經常獨來獨往，只有在繁殖期，才會和同伴或其他種類的鷺鷥在一起築巢。築巢期間，雖然是結伴為鄰，卻仍相互競爭，不容許別的鳥侵入牠的領土。蒼鷺的舊巢會一再循環使用，今年造的巢，明年只要再加些樹枝，重新整修即可，可謂經濟實惠。

蒼鷺和許多涉禽動物一樣，喜歡停留在沼澤、池塘或河口等淺水區。牠的分布範圍很廣，在美國，到處看得到蒼鷺，牠們有移棲的習性。天冷時，到南方覓食，春天，牠們又會飛回築巢地。

在威斯康辛州東南部的Horicon野生動物保留區，有一個水禽類的大本營，超過上千個蒼鷺巢在這裡。天氣漸漸暖和，南下覓食的蒼鷺，已經開始北返的行程，牠們又要路過芝加哥了。我期待一抬頭即看見蒼鷺在空中飛翔的身影，我也知道，我的朋友又要為她的寶貝魚與這些惡客鬥智了。

沙漠中的吻花客

你在心中描繪的沙漠圖像是怎樣的景致？極目所極，望不盡的滾滾沙山？乾燥貧瘠的大地，仙人掌叢生？的確，在乾旱的季節，沙漠景觀的確荒涼蕭殺。然而，雨季一旦來臨，雨水喚起沉睡的種子，植物在雨水滋潤下，迅速開花、結果。沙漠頓時繁忙起來，大地一片生氣蓬勃。

三月初，我到南加州的棕櫚沙漠（Palm Desert）旅行，棕櫚沙漠是一個綠洲城鎮，也是美國著名的渡假勝地。三月、四月正是此地氣候最宜人的季節，放眼望去，滿城棕櫚樹，一片綠意盎然。此時，沒有灼熱的陽光，只有遍地繁花似錦。

你在沙漠閒蕩，會驚異地發現，各類奇異的仙人掌，竟能從那肥壯多刺的身軀，吐露出優雅嬌嫩的花蕊。不一會兒，嗡嗡拍翅的鳴聲，觸動你的聽覺，你感受到有個小精靈，就在你的聽力範圍之內與你玩起捉迷藏的遊戲。終於，你看到一隻蜂鳥，快速地落在花叢間，用那鐮刀似的尖嘴，貪婪地舔吮一口花蜜後，又迅速離去。在牠飛離那一瞬，你又看到環繞在牠脖子上那塊華麗的羽衣，在陽光反射下，由綠轉紅，由紅變紫。

蜂鳥是世界上最小型的鳥類，種類超過三百二十種，平均體型只有我們的大姆指一般大。牠是屬於西半球的鳥類，分布地區從南美智利南端到北美阿拉斯加的南部。蜂鳥看似柔弱，但牠對氣候的適應力卻特別強，不管炎熱、寒冷、乾旱、潮濕，從高海拔的秘魯安地斯山到炙熱的北美沙漠，只要繁花盛開的地方，都可以見到牠們的蹤影。

大部份的蜂鳥都是棲息在南美洲的赤道附近，由於赤道附近整年百花盛開，這兒的蜂鳥不需移棲，就足以溫飽，但有些蜂鳥，尤其是住在美國寒帶地區的蜂鳥，冬季食物缺乏時，就必須長途飛行，移棲到溫暖的南方覓食。

蜂鳥以花蜜為主食，是雜食性的鳥類。花蜜提供牠體內所需的水份、糖份、維他命、礦物質，但牠也吃小昆蟲，來補充蛋白質。蜂鳥有個別名，叫「吻花客」。由於牠活動力特別強，消化系統又特別好，因此蜂鳥幾乎隨時處於饑餓狀態，每十分到十五分鐘就要吃一次，牠對花朵的貪婪與依戀，乃是來自牠體內不斷的需求。蜂鳥的體型小，散熱快，為了維持體溫，只得不斷進食，牠每天要吸超過一千朵花的花蜜，才能維持消耗的體力。

你也許要懷疑，沙漠中哪有那麼多花，來滿足蜂鳥的需求？

我心中也經常有這樣的疑慮，但是當我走進棕櫚沙漠附近的Tahquitz峽谷時，我的雙眼馬上被懾住了，一望而去，橘紅、豔紫、鵝黃、瓷藍，滿山滿谷的花朵，橫亙眼前。我聽當地的朋友說，這附近前些天才下過雨。此時，我就不得不相信雨給沙漠帶來的震憾了。雨水把沙漠濕透之後，不毛之地，即遍地開滿野花。當我沿著峽谷攀爬，我不時看到蜂鳥在峽谷翩翩起舞，牠吸食花蜜的時候，身體懸浮在空中，不斷地拍動翅膀，以保持平衡，非常有趣。

蜂鳥的飛行技巧，在鳥類中也很不尋常。一般的鳥只能往前飛，蜂鳥卻能在空中前進、後退、左飛、右飛、甚至來個後空翻。牠翅膀振動的速度非常快，平均一秒鐘可以拍翅七十八次，因此牠在飛翔時，我們的肉眼很難看清楚牠的拍翅動作，只有透過特殊的攝影技巧，才能捕捉牠飛翔的姿態。

在沙漠中巧遇蜂鳥，讓我有一種意外的欣喜。蜂鳥與我，都是沙漠中的過客，我來渡假，牠來尋花，有緣相遇，並攝下牠嬌小的身影，也算是不虛此行了！

紅鶴飄舞

棕櫚沙漠是個人工灌溉的綠洲城鎮，到處是渡假村、高爾夫球場。放眼望去，繁花遍地，綠意盎然。

我住的Desert Spring Marriot Resort，可謂人工化到極點。飯店挖個特大的人工湖，由會客廳延伸到戶外的游泳池及高爾夫球場，小船飄蕩湖中，用餐時間，專載遊客到環湖的各個餐廳。

人工湖引來許多野生水鳥，綠頭鴨、野雁、蹼雞、大白鷺，爭相來此報到。飯店也養一些珍禽，白天鵝悠游湖面，黑天鵝慵懶的曝曬在陽光下。珍禽中，最吸引我的，就是紅鶴了。

我喜歡在午餐後，沿著湖邊散步，欣賞野鳥，也來看看紅鶴。

湖岸立個小牌子，說明這群紅鶴的血統及飲食。這些名為「智利紅鶴」的鶴群，雖來自南美洲，卻不是在智利出生。

紅鶴以水中的澡類及小動物為食，到了繁殖季節，羽毛的顏色會變得特別豔麗。牠們所吃的食物，會影響羽毛的顏色。野生的紅鶴，所吃的藻類中，含有天然的類胡蘿蔔素，能使羽色變成粉紅。

早期，人工飼養的鶴群，雖然身體健康，但羽毛的色澤卻是白的，這讓許多動物園和鳥類飼養場傷透腦筋，他們總覺得有責任讓遊客看到真正「粉紅」的紅鶴。人們經過多年的研究及實驗，才發現原來紅鶴的羽毛不會變紅，是食物出了問題。現在，大家都知道，只要餵食螃蟹殼、碎蝦肉等海產飼料，紅鶴就能展現燦爛、奪目的羽色。

我最近看一本書《非洲的紅鶴湖》（Africa's Flamingo lake），介紹東非肯亞位於赤道附近的一個火山湖Lake Nakuru，此湖含有大量的碳酸納，水質略苦。Nakuru 照當地土著部落的原意，即是有一點苦味的湖。Masai 族土著在當地放牧幾千年了，從來不喝那個湖的水。照理說，一個苦澀渾濁、臭氣薰天的湖，應該是野生動物避之唯恐不及的地方，然兒，正好相反，在那邊，大約有四百種的鳥類以此為天堂，其中最著名的就是紅鶴。

是什麼原因吸引紅鶴來到此地？原來，這兒水質惡劣，除了一些原生的藻類，很少生物能存活。但是藻類叢生，卻成為孕育蚊、蠅、蝦、蟹等幼蟲的溫床，而藻類、甲殼生物及小昆蟲，正是紅鶴的主食。有了美食的誘惑，紅鶴自然群集了，但紅鶴只吃珍餚，也不喝這兒的水，由於牠們的嘴型特殊，可以將食物留在口中，把水濾出，當牠們口渴時，再到別處尋找泉水。

美國著名鳥類學家Roger Tory Peterson於一九五七年來到此地時，大為驚嘆，他被眼前壯觀的場面驚懾住，當時約有二百萬隻紅鶴在這個淺水湖上。一九六一年，肯亞政府在此地設立國家公園，刻意保護紅鶴。

在Nakuru湖的紅鶴，並不是長年居住於此，牠們不定期的在東非附近的淺水湖移棲，這些湖也都含有高度的碳酸納。紅鶴在夜間移棲，其路線，北至伊索匹亞，南至坦桑尼亞。

全世界共有六種紅鶴，其中兩種在東非，合計超過三百萬隻，佔全世界紅鶴總數量的一半，有趣的是，這兩個品種，在紅鶴家族中，囊括了最大品種的大紅鶴和最小品種的小紅鶴。大紅鶴身長約一公尺半，羽色平淡，小紅鶴身長約一公尺，羽色鮮明。Nakuru湖，以小紅鶴居多，大、小紅鶴數量的比例是一百五十比一。

很多人誤以為紅鶴為鶴類，那是不對的，牠和蒼鷺、鸛、朱鷺是同族，是屬於鸛目的鳥類，性喜群居，經常五萬、十萬隻聚成一群。繁殖時，一對一對的紅鶴密集在泥地上堆土築巢，雌、雄紅鶴，輪流孵蛋，共同養育下一代。熱帶的淺湖或淺海地帶，像巴哈馬的伊納瓜群島、墨西哥的玉卡丹半島、安地斯山的鹹水湖畔、非洲的沼澤地區，都有牠們伏窩的地點。

飼養的鶴，都被剪過翅膀，飛不遠。我在人工湖畔觀察很久，鶴群每欲起飛，助跑幾步，拍拍翅膀，總是無法如願的自由翱翔天際。不能高飛，怒氣由然而生，於是三三兩兩，交頭接耳，吵起架來。紅鶴罵街，可凶猛得很，平順的羽毛，高高豎起，咆嘯幾聲，方才罷休。

午後，坐在柔軟的綠草皮，看紅鶴在池中飄舞。鶴影在水面閃動，好像一朵朵的彩霞，迎著水波舞進我的視野。你相信嗎？在沙漠中，竟然也有這樣的人造美景。

駝鳥——三妻四妾的飛毛腿

棕櫚沙漠有個「沙漠生態動物園」，飼養沙漠動物，也種植沙漠植物。動物園的廣告繪聲繪影，好像只要進到園區，對於沙漠的動、植物生態，就能瞭若指掌。動物園就在我住的旅館附近，我想多了解沙漠動物的習性，特地安排一天，來到動物園。

我想看北美沙漠的大角羚羊，大角羚住在園區內一座陡峭的岩壁內。我站在岩壁前，東瞧西望，除了光禿禿的石山，連個羊影都沒有。酷熱的正午，所有的動物都藏身到陰涼的地方。我逛了半圈，只看到幾隻籠中鳥，無精打采立在枝頭。

失望之餘，我轉個方向來到非洲區。走著走著，看到幾隻駝鳥在草地上來回走動，牠們不但沒有倦態，還昂首闊步，不畏炎陽。我舉起相機，駝鳥興奮的擠過來，想搶鏡頭哩！

本來心中滿懊惱的，見到可愛的駝鳥，我怒氣全消，索性在駝鳥區坐下來，仔細閱讀駝鳥的生態簡介！

駝鳥的故鄉在非州乾旱的草原，牠和其他的草原動物像長頸鹿、斑馬等生活在一起。草原遼闊，藏身不易，駝鳥遇到敵人唯一逃命的辦法，就是快跑，牠有一雙飛毛腿，一小時能跑五十哩呢！你一定會說：「傻瓜！跑什麼跑？用飛的不就得了。」問題是，駝鳥雖然有翅膀，但是翅膀無力，不能飛行。其實，駝鳥的翅膀並非一無是處，當牠高速飛跑時，遇到快速轉彎，牠就利用翅膀幫助身體平衡，另外一項優點，是求偶，雄駝鳥經常舞動翅膀，用雍容優美的舞姿，吸引伴侶。

三妻四妾，在駝鳥家族中是正常的。求偶期，一隻帥駝鳥，通常會吸引兩、三隻以上的美嬌娘，一番殷勤的求偶舞後，彼此看對眼，就結為夫妻了。要是兩個帥哥，同時看上一個美女，該怎麼辦呢？那就比武決鬥吧！罵呀、喊呀、追呀、打呀、踢呀，看誰厲害，新娘就是誰的。

駝鳥的巢非常簡陋，雄駝鳥只要在地上挖個淺坑就足以為家了。婚後，雌駝鳥們會花好幾個星期的時間，輪流將蛋下在淺坑上，等所有的蛋都下完，才開始孵卵。新手駝鳥，大約生四、五個蛋，識途老鳥則可以下到十五個。通常一窩有三十個以上的蛋。孵卵，在駝鳥的世界中，可是權利的分配呢！眾多妻妾中，只有大老婆有資格負責白天的孵抱工作，夜晚則由雄駝鳥擔任此職，其他小妾們只能在旁邊眼紅，權當守衛。小駝鳥孵出後，由大老婆權盡母職，小妾們只能當褓母，幫忙照顧小駝鳥。

駝鳥是世界上最大型的鳥，牠的蛋也是巨無霸。一個駝鳥蛋，相當於二十四個雞蛋，重量可達三到五磅呢！駝鳥的蛋殼相當硬，不易破碎，早在遠古時代，埃及人、中國人、西臘人，就知道利用駝鳥蛋殼作成茶杯或容器。我常在藝品店看到駝鳥蛋做成的藝術品，有些雕刻得相當精緻，有些則畫上世界名畫，令人愛不釋手。

在美國，氣候溫暖的亞利桑那州、佛羅里達州、加州，都有駝鳥飼養場。人工飼養場，主要的利益，是收取駝鳥的羽毛，羽毛可以當飾品，也有工業用途。駝鳥每年會更換羽毛，農場工人在鳥羽尚未脫落時，就將它剪下。駝鳥剪羽毛，就像我們剪頭髮一樣，不痛也不會造成傷害。

如果我那天在「沙漠生態動物園」逛一逛，沒看到我喜愛的動物，就生氣的走了，而不轉往非洲區，我就看不到這些可愛的駝鳥，我也不會從駝鳥身上得到許多知識與樂趣，這給我一個小小的啟示：「塞翁失馬，焉知非福」。

天才建築師

我在沙漠中行走，看到一隻哀斑鳩專注地孵卵，牠有時站起來，轉動身軀，換個方向，有時孵著孵著就睡著了，完全不理會在一旁觀看的我。我怕驚動牠，輕輕舉起相機，迅速按下快門，牠仍無動於衷，一副勢必力守老巢的模樣，非常有趣。牠的窩築在一株仙人掌上。

長尾布穀鳥、仙人掌鷦鷯、鬼面鴞、甘氏鵪鶉，這些經常居住在沙漠的鳥類，都喜歡將巢築在仙人掌上或旁邊，那是一個安全的場所。仙人掌的刺，可以阻止想來偷蛋的惡霸，仙人賞肉實多汁的莖及果實，又可暫時解決部份鳥類的民生問題。

繼續漫步，我又看到一個廢棄的鳥巢，架在一棵乾枯的樹枝上，我不知道這是那一種鳥的巢，但是用草根、細枝、樹葉、羽毛合組的巢，看起來既溫馨又美觀，雖然鳥去巢空，站在樹下，我仍能感受到成鳥築巢的辛苦，以及牠們在巢中孵卵、餵食雛鳥的感人畫面。

鳥類築巢，是高難度的工程，也是絕美的藝術。牠們用的建材，有時令人意想不到。蜂鳥雖小，卻有辦法偷蜘蛛網來蓋牠的窩。牠先去吃蜘蛛辛苦捕捉到的昆蟲，最後連蜘蛛的家也一併搬走。蜂鳥的巢以蜘蛛網為主要建材，裹上地衣、青苔、樹葉，再找幾片樹皮裝飾外牆，就大功告成。長尾布穀鳥是沙漠中的疾走王，喜歡獵取蛇、蜥蜴為美食，牠蓋新屋，自然就把蛇在成長中蛻下的皮，也一併拿來裝飾屋宇。牠將蛇皮、乾糞塊、雜草、羽毛，一併搬到仙人掌叢中，大興土木，工程可浩大囉！

鳥類中也有一些懶鬼，視築巢為畏途。長尾布穀鳥一窩大約下三至六個蛋，但是經常可以看到，至少有一打以上的鳥蛋在牠們的窩中。怪哉！天下哪有這種好事？原來是有些鳥媽媽，懶得築巢，又不肯孵卵，牠們想到的好辦法，就是把蛋偷偷地下到鄰居的巢中，就讓別家去忙吧！說到懶得築巢，聲名最狼藉的鳥類，就是大杜鵑了。大杜鵑在三百多種鳥的巢中下蛋，奇怪的是，牠所下的蛋，表面竟和寄主所下的蛋相似，這樣好讓寄主把蛋視為己出，安心孵育。牠們有時還把寄主的蛋移出，真是壞透了。

樹是許多鳥類築巢和採集建築材料的好地方。有些鳥粗心大意，揀些樹枝木棍，往大樹一掛，再鋪上一層雜草樹葉，巢就胡亂搭成了，鷹隼這些體型較小的猛禽類多半如此。有些鳥則心細多情，織巢鳥是鳥類的編織高手，做的巢極其精美複雜，雄鳥將巢造好後，還會邀請雌鳥來鑑賞，如果這個巢不能贏得雌鳥的歡心，雄鳥會把巢拆掉，重新蓋一棟新房。有些鳥有高度群居性，數百隻鳥經常會在同一棵樹上築一個共有巢，牠們的巢就像我們的公寓一撇，有隔間，有不同的出入口，同一棟大樓，卻各立門戶。我家附近有一棵樹，住了五百多隻綠鸚鵡，牠們就是這種群聚的鳥類。可惜那棵樹在一次狂風暴雨中被雷擊中，綠鸚鵡只得四處流散了。

鳥的種類繁多，從兩極浮冰區到赤道下的叢林，從潮濕的雨林，到乾旱的沙漠，到處都有鳥築巢。不管鳥類築巢的習慣如何，它的目的都一樣，保護自己，以及正在孵化的蛋及雛鳥，免受嚴寒酷暑之侵，免受掠奪者攻擊。鳥巢還有一個作用，它提供一個溫暖的地方，孵卵其間，可以保持母體的體溫，以促進蛋的孵化。

稱鳥為天才建築師，一點都不為過，牠們從大自然取材，光靠鳥喙和腳爪就能編織出各式各樣的巢穴，牠們一展才華時，我們人類哪比得上呢？

鳥客來訪

大多數的野生動物對人類都有防禦的本能，也害怕人類。當我們觀賞野生動物時，都必須安靜地躲在隱密處，並保持距離。野鳥則不同，有些野鳥甚至喜歡與人親近。我常在都會廣場，看見一群群的野鴿子，飛到餵食者身上，或站在遊客肩膀，牠們非但不怕人，還把人類當成好朋友。

吸引野鳥與人親近，辦法非常簡單，只要提供足夠的糧食，牠們就不請自來了。我家院子有兩棵大松樹，其中一棵就種在餐廳的窗戶旁。芝加哥冬季酷寒，鳥兒覓食不易，我在松樹下掛了一個餵食器，小米、葵瓜子、碎玉米拌在一塊兒，往食器一倒，成群的鳥兒就飛來了。我在用餐時，最賞心悅目的事，就是一邊聽著啁啾的鳥鳴，一邊看著鳥兒在松枝上跳躍。這棵大樹，是鳥兒的樂園也是牠們的避難所。

寒冷的下雪天，成群的哀斑鳩像值班的衛士，整齊排列，盤據枝頭。哀斑鳩的體型比家鴿小一點，叫聲淒迷，如吟輓歌。傍晚時分，牠們就會陸續飛到松樹上，躲避狂風暴雪。掛在松針上的白雪，像一床軟綿綿的絲被，哀斑鳩躲在雪白的被窩裡，緊縮著頭，肩靠肩相互依偎。夜黑風高，冰封大地，哀斑鳩如何渡過漫漫長夜？

紅衣主教（紅冠雀）喜歡在晴朗的冬日來訪，亮麗的一身豔紅，是牠的註冊商標。牠的叫聲宏亮，尾音拉得特長，牠喜歡用那獨特的歌喉，宣示地盤。牠高傲又敏感，經常獨來獨往，只在清晨或傍晚才來嗑幾粒葵瓜子，評品美食的態度高雅有禮。牠總是來去匆匆，行蹤彷如一陣風，偶爾雌鳥相隨而來，也是一前一後，相敬如賓，從未見牠們比翼雙雙而飛。伊利諾州的人特別喜愛紅衣主教，以牠為州鳥，美麗的鳥誰不愛呢？印地安那、北卡羅萊那、俄亥俄、肯達基、維吉尼亞、西維吉尼亞也都以牠為州鳥。近年來，紅衣主教的分佈地區，逐漸由美國南方，向北擴展到加拿大南方，一般相信，這是因為美國人普遍在庭院中設立飼鳥台的結果。

麻雀來訪，最是尋常，成群結隊，嘰嘰喳喳。體型雖小，身手不凡，攀著松枝，跳上跳下。搶食功夫一流，既不挑食，又能隨遇而安，難怪只要有人居住的地方，就有麻雀的蹤影。

雀群中長相最討喜的，是脖子披條紅圍巾的家雀，牠只要站上枝頭，即高歌不已，美妙的歌聲，傳遍大街小巷。家雀原是美國西部的鳥類，一九四〇年，有人將牠們野放在東部的紐約，此鳥不僅入境隨俗，還在新環境傳宗接代，並把生活領域擴展到美國中西部。現在全美各地，不管大城市、小農村，到處都能見到家雀。

啄木鳥是稀客，也是獨行俠。牠風度翩翩，頭頂紅帽，身著斑馬條紋的燕尾服，悄悄來到松樹下。牠的飛行技巧不高明，但論起爬樹功夫，稱得上是熟練輕功的武林高手，牠的雙足粗短而有力，飛岩走壁，輕而易舉。牠的硬嘴像銼刀，捉蟲的本領高，「的！的！的！」地輕敲樹幹如擊大鼓，就算再厲害的小蟲，也難逃牠那又長又敏銳的舌尖。封牠是樹的醫生，乃實至名歸。

知更鳥、黑羽椋鳥、藍背堅鳥、烏鴉，這些色澤鮮明的鳥兒，也經常留連在松樹下。

冬季雖有許多候鳥移棲到溫暖的南方避寒，但仍有許多鳥類留在原地過冬。天寒地凍，在院中掛點鳥食，不僅能幫助孱弱的鳥兒渡過冷颼颼的日子，荒蕪的庭院，也因有鳥客來訪，而充滿色彩與生機。

到佛羅里達的沼澤溼地看野鳥

二〇〇四年七月，我們去邁阿密旅行，因慕名而特地前往沼澤國家公園（Everglades National Park）。佛羅里達南端，沼澤廣袤伸延，是世界上少有的大溼地。

慕名而來，想必國家公園園內一定人潮洶湧，景物大有可觀，怎料一入園後，才發現觀光客只有我們全家三口，原來來訪的季節不對。七月，正值雨季。每天午後的雷陣雨，使得沼澤區的水位高漲。高漲的水，不僅驅散了鱷魚和常在溼地覓食的水禽，濕熱的環境，也成為孕育蚊蟲的溫床。園內，除了嗡嗡的蚊蟲聲外，靜寂一片。

沼澤國家公園，不像美國其他地區的國家公園，有迷人的景致，或是險峻的地形。沼澤地既潮濕又平坦，最高的「山」，只有三公尺，放眼望去，一片莎草草原，泡在流動極為緩慢的混濁泥水中。低地淡水、海水混合處，只見紅樹林纏結叢生。

沼澤溼地雖荒涼，卻是野生生物棲息的好地方。兩棲動物如蛙、蟾蜍、蠑螈，爬行動物如龜、蛇、短吻鱷等，都喜愛溼地的寧靜安謐。水禽也愛群聚於此。有些動物，如鹿、熊、山貓等，偶爾也來此散散心。

佛羅里達四季溫暖，季節分為雨季和乾季。在燥熱潮濕的雨季中與蚊蟲捉迷藏的滋味，我已領略過。乾季，對我來說，卻仍新鮮、神秘。

十一月的芝加哥，已經寒氣逼人，開始飄雪。陰霾的天空，讓我想要逃離此處。氣象報告，提及邁阿密豔陽高照，氣溫攝氏三十度。一股隨候鳥南下的念頭遂由然而生。於是，拎起相機，我再度來到沼澤國家公園。

溼地景致依舊，仰望天空，發現它有了微妙的變化，漫天飛舞的野鳥，令人目不暇給。大批來訪的候鳥，已為靜寂的原野帶來蓬勃生機。

公園管理員建議我先到南端的Flamingo Visitor Center，他告訴我那邊有出租船帶領遊客沿河賞鳥。Flamingo面向佛羅里達灣，當日風浪太大，我沒有搭上船。我沿著海岸散步，遠處，一大群鵜鶘立在沙洲上。沿著北美和南美的海岸線，經常可以見到褐鵜鶘。白鵜鶘則分布於美國西岸內陸和加拿大中部，只有冬天才會往南飛。褐鵜鶘在沼澤區土生土長，經年以此為家，是這兒的留鳥。白鵜鶘來此過冬，是年年到訪的貴客。兩群鵜鶘，黑白分明，各據一方，非常有趣，原來鳥的世界，也是種族分明。鵜鶘稱得上是鳥類中的巨無霸，體型雖大，卻非常膽小羞怯，總是離人遠遠的，賞鳥者只能透過望遠鏡頭觀看，無法近距離接觸到牠們。

近處，在一棵紅樹上，兩隻白頭鷲悠閒站立著。鷹不讓鷲專美於前，當我正在欣賞白頭鷲時，就有幾隻蒼鷹在我面前展翅飛翔。

沼澤公園內開闢許多景點和步道，但在west lake的禿鷹最令我印象深刻。整群禿鷹或在池畔閒蕩，或在空中翱翔，有些站立在鱷魚身旁，頗有與鱷魚爭地盤的挑釁味道。這個季節，禿鷹最多，任何角落，都可見到火雞禿鷹（Turkey Vulture）和黑禿鷹（Black Vulture），這兩者很容易區別，一為紅臉，一為黑臉。禿鷹不像其他的猛禽類，有利爪可以捕捉獵物。禿鷹的腳爪小而無力，不殺生，只吃動物腐屍，牠們利用氣流在空中盤旋，等發現動物死亡後，才飛下來飽餐一頓。禿鷹對整個生態系統的循環是有益的，牠們把可能傳染疾病的腐屍，清理得乾乾淨淨，可說是自然界的清道夫。

暮色漸沉，我來到公園東北側的Royal Palm，這一區有個小池塘。乾季，由於水位下降，因此，有水的地方，就很容易吸引野生動物來覓食。我在動物的晚餐時間來到這裡，可說來得正是時候。鸕鶿、蒼鷺、朱鷺、大白鷺、林鸛，或悠閒地漫步在池中，或翩然展翅飛上樹梢，或靜立莎草叢中等待獵物。鷺鷥的潔白羽色，蒼鷺的捕魚技巧，鸕鶿的展翅悠然，時時刻刻，都令人驚豔。

鱷魚在池中游，或躺在池畔伺機而動，這些美麗的鳥兒竟毫不在意，眼看鱷魚臉上露出不懷好意的微笑，我不禁為這群野鳥捏一把冷汗。晚餐時間，野生動物都在尋找食物，誰都不願意挨餓，這就是自然界的生態定律，也是自然界的無情吧！

傍晚，許多人帶著攝影器材來到Royal Palm，群鳥的一靜一動，都令人心神舒暢，美妙的姿態，也成為鏡頭獵取的對象。攝影者彼此交換心得，有人提到稍早還看到幾隻沙丘鶴。

隨著北國季節的更嬗遞換，還會有更多的候鳥陸續到來，加入群鳥盛宴。

沼澤國家公園，雖沒有磅礴的地勢，但在乾季的時候，卻是鳥的天堂。在美國，很少有地方像沼澤國家公園這樣，能在同一個季節，同時看到這麼多種不同的鳥類，公園內，目前已知來訪的鳥類，大約有三百五十幾種，而生態學家，每一年都還有新的發現。佛羅里達溫暖的天候及地勢，讓許多候鳥在寒冷的冬季群聚於此。

草原、叢林、流水，荒寒的景象，只因群鳥點綴，景色煥然一新，原來，燥熱多蚊的沼澤溼地，經過季節的洗禮，也可以蛻換成一片無可比擬的美境。

與鳥結緣

女兒小的時候，朋友送她一隻藍色的小鸚哥，取名Junior。這隻小鳥非常聰明，不怕生，經常站在窗口高歌，喜歡學人語。女兒貪睡，我每天最煩的事就是叫她起床上學去，「嵐嵐，起床！」幾乎成為我的口頭禪。某天一大早，我還沒醒，就聽到一連串模糊的叫聲，仔細一聽，音律竟然是「嵐嵐，起床！」牠不但會說話，還聽得懂人語，牠喜歡在屋內到處飛，也喜歡停在女兒的肩膀上吃麵條，但我只要一聲令下：「Junior，回家！」牠就會乖乖飛回鳥籠。Junior和我們共渡好幾年愉悅的時光，後因年老安祥離去，女兒將牠埋在後院花園。

與鳥結緣，從養Junior開始。養鳥，讓我對鳥的世界充滿好奇與關懷。

我家對面就是公園，一年四季都有不同的鳥客來訪，即使在寒冷的下雪天，也能見到成群的海鷗或野雁。鳥類在惡烈天候中的求生本能，經常觸動我的思緒。我寫了許多有關鳥的文章，其中有一篇〈野鴿情深〉，描寫一對鴿子，於寒冷的十一月，在我們鄰居窗口築巢、孵卵，到小鴿孵出即被大雪凍死的過程，以及大鴿守著死去的小鴿不忍離去的情景。那幾個月，我和女兒天天站在窗口探望，那是我們對野鳥生態最貼近的觀察。女兒由鴿子的行為培養了學習科學的興趣，那對鴿子的鶼鰈情深，至今仍震憾著我。

野雁也經常激起我寫作的靈感。每年有許多候鳥路過芝加哥及附近的城鎮。加拿大野雁是此地最典型的候鳥，秋末冬初，天氣漸漸轉寒，野雁成群向南飛。看到野雁，我的好奇心由然而生，總想探究鳥類移棲的神秘。女兒在伊利諾大學念書時，我們經常走五十七號高速公路，南下到香檳城看她。回程中，我最喜歡在其中一個休息站停留，尤其在秋冬季節的傍晚時分。那個時間，總會有一群又一群的野雁從低空掠過，準備降落在附近的田野。霞光映著雁影，形成一幅天然美景。我猜想休息站附近應該有個水塘吧！才會吸引那麼多的野雁來此過夜。初春，野雁北返加拿大，有些路過芝加哥，就停留下來產卵，孵育幼雛。有時，我會看到大雁帶領小雁悠游水中，如此溫馨的畫面，除了捎來春的訊息，也讓我心曠神怡。

賞鳥、寫鳥、拍鳥，為我的生活增添許多樂趣。朋友常問我，你怎麼常常有機會看到那麼多鳥類，而且能拍到牠們？我總是這樣回答：鳥類攝影，可遇不可求，鳥非常靈活，牠絕對不可能擺好姿勢讓你拍。至於如何抓住那瞬間的感覺呢？答案只有一個，要花時間，耐心的等待。

至於賞鳥嘛，只要有心，每個人都可以從中得到樂趣。鳥在天空自由飛翔，你和我看到的機率都一樣，我只是比較留心去觀察而已。走在森林中，聽到不熟悉的鳥鳴，我會仔細傾聽聲音的來源，我會好奇這是什麼鳥在叫。當我在一叢叢濃密的樹葉中，發現一隻啄木鳥或一隻小紅雀時，內心的喜悅自不可言喻了。經常看書、看報，也能從中得到許多訊息。書中的圖鑑，能教我們辨識各種鳥類，書中的解說，能讓我們了解各種鳥類的習性。報紙會刊登許多有趣的新聞，告訴我們什麼地方有賞鳥活動，什麼季節有那些候鳥來訪。當我們對鳥的習性愈深入了解，就越能品味其中的樂趣。

用心傾聽，用眼觀察，每個人都有機會與鳥結緣。

旅途行蹤

火車之旅

是一種懷舊的心情吧！讓我有了長途火車之旅的構想。女兒放寒假，趁著她的假期，我們母女倆遂結伴，一起到東部玩一趟，目的地紐約。從芝加哥到紐約，在車廂的時間就佔了二十二個小時，但是能坐在車中，體會時光慢慢流逝的感覺，未嘗不是一種幸福呀！有多少人能有這樣的時間與閒情呢？

女兒上了大學以後，在校住宿，偶爾回家一趟，總是行程匆匆，我們去學校看她，她也是忙著功課。這趟火車之旅，讓我們母女在各自忙碌的生活中擁有一段獨處的時光。隆隆車聲中，女兒倚偎著我靜靜閱讀，有時她也熟睡，看著她俏麗的模樣，讓我覺得非常溫馨。

如果沒有搭過火車，也會對它有一種憧憬吧！沒有止境的軌道，帶著旅人的心尋夢。坐在車廂中，睜開雙眼，就能飽覽湖光山色，流動的景致，觸動的豈僅是視覺的感受，呼嘯而過那一瞬，彷彿塵世的紛紛擾擾，都在眼前成為風景流過。

我們搭乘夜車由芝加哥出發，天微亮時，已過了俄亥俄邊界，進入賓州。晨霧中，一艘艘運貨的大郵輪，載浮載沉於緩緩而流的俄亥俄河上，一輛長長的運煤列車，從旁以龜行的速度駛過，約有一百多節車廂吧！從俄亥俄州的克里夫蘭，到賓州的匹茲堡一帶，是美國主要的重工業城鎮，沿途工廠林立。經由鐵路及河道，將煤炭、鋼鐵和其他原料從礦區、港口運往工廠，而工廠的製成品，也大都依靠貨輪及火車的運輸，才能達到消費者手中。一百多節的貨運列車，光是想像就夠壯觀了，其實，像美國這樣一個主要依靠鐵路發展出來的國家，貨運列車，不過是它工業發達的一個註腳。

看到運煤列車，我憶起兒時曾經住過的小山村——濂洞。金瓜石、濂洞，是當年「台灣金屬礦業公司」所在地。由台金公司所經營的「金瓜石線」輕便鐵道，主要的功能是用來載運礦石，有些班次也連接一、二節車廂載客。雖稱金瓜石線，它的起點卻在濂洞。小時候，我們都稱行駛在輕便鐵道上的蒸汽火車為五分車。也許你沒有聽過五分車，但是對於一個嚮往城市的小女孩，五分車猶如一扇敞開的大門，它不只運煤、運金礦，也將女孩的心，經由濂洞、庚子寮、深澳、運往基隆的八尺門。對於年紀小小的我，八尺門已經算是城市了。我曾經多次一個人搭乘五分車到八尺門，在漁港吃碗魷魚羹，看一天的漁船，聞一天的海腥，再搭乘原班車回濂洞。回想起來，這大概就是我愛好旅行的緣由吧！當我走過許多國家，遍覽各地名勝古蹟後，對於這樣的旅遊雛型，我反而深深懷念。這條頗有「海味」的「金礦鐵道」，早已步下舞台，成為歷史。如今，沿著北部濱海公路而行，除了消失的鐵道以及蒸氣火車頭，海風依舊，而我，童年時嚮往走出小小世界的美夢也依然未變。

火車抵達匹茲堡，女兒還在睡夢中，我搖醒她，到餐車吧！旅遊最大的樂趣之一，莫過於丟開鍋碗瓢盆，仍能享用精美的餐點。餐車猶如一間流動的小餐廳，侍者和藹可親，引領我們到一個明朗的窗口坐定。賓州的原野，剛剛覆蓋一層新雪，河面雖已結冰，仍能清晰見到薄冰下溪水潺潺而流。野鳥、藍天、白雪、枯枝、綠水，如詩如畫的意境，搭配桌前精緻的美食與咖啡，猶如一席自然中豐美的饗宴。

旅途中，最令人留連忘返的，莫過於坐在觀景車廂（Sightseer Lounge）中發呆。這個幾乎都是玻璃組成的車廂，所有的座椅都能旋轉，座椅旁還配有小茶几，車內並提供漢堡、三明治等簡便的餐點，以及咖啡、可樂等飲料。在這裡，旅客可以無拘無束的聊天、無所事事的閒逛、拿著書本暴露在陽光下閱讀。面對落地窗，我選擇讓腦中呈現一片空白。我意外發現，當一無所有的時候，更能重新接納所有的事物。我從來沒有認真看過夕陽，但是此刻，我是那麼清晰又仔細的欣賞它的美。紅色的霞光穿過銀白的樹林，照耀在一望無際的田野，成群的野鳥凌空飛越。原來世界這樣絢麗，為什麼我經常將它等閒錯過呢？夜深時，我仍捨不得離去。坐在窗前，靠著月光、雪色，我亦能隱約見到懸凝在石壁間的雪柱；偶爾行經小鎮，總會有明亮的燈影，照滿山城；有時看見船隻沿著河岸緩緩前行，有時也會撞見冒失鬼開著快車飛馳而過……我沉迷在這樣的氛圍中，不知道火車已經開到何處。

在車聲的律動中，從黑夜到黎明，由日出又日落，火車穿過中部大平原，越過東部的丘陵地，沿途或經工業大城、平庸小鎮，或經田疇平野、河谷山坵，每一刻，都讓我有豐碩無比的感受。

火車快要進站時，女兒以半命令的口吻對我說：「媽媽！你坐著不要動，我的力氣比你大，架上的行李由我來拿。」那一瞬，我覺得孩子長大了，女兒的貼心，讓我心滿意足。旅途中最大的安慰，莫過於有個貼心伴侶同行呀！

朋友們知道我要搭火車到紐約時，直覺的反應都是「你瘋了！搭飛機只要兩個多小時的地方，你竟然要去耗它一整天」。當火車抵達紐約那一刻，我內心充滿愉悅與歡欣。朋友們怎麼會明白，火車之旅，其實是一趟豐富的心靈之旅！

＊註：那一年，女兒放假，母女倆閒來沒事，我遂有了搭火車到紐約看甥女凱鈺、順便旅遊的念頭，原本想要買臥鋪的車廂，沒想到票價貴得驚人，比機票還貴。後來我們買了普通車廂的座位，一上火車後，才意外的發現，座位舒服極了，空間非常大，椅子展開，幾乎可以平躺，另外還有餐車、觀景車，你愛到哪一個車廂，就逛到哪一個車廂，無拘無束。

我相信很多人沒搭過長途火車，現在交通太方便了，近距離自己開車，遠距離搭飛機，長途火車，地位已逐漸被其他交通工具所取代。那一趟火車之旅，我們先從芝加哥到費城，再從費城轉車到紐約，回程，由紐約到華盛頓D.C.，再由D.C.轉車回芝加哥。

我們在費城欣賞建築華美的火車站，到紐約看百老匯劇「孤星淚」，在中國城溫暖我們的中國胃，搭地鐵看紐約街容，花一整天徘徊在古根漢美術館，在中央公園閒蕩，看黑人跳街舞，到時報廣場人擠人，將近十天的假期，我們就在搭車、閒蕩中渡過。

如今回想，母女能有這樣一段悠閒時光，彼此照顧，彼此分享歡笑，不就是一種幸福嗎！

走進阿米族村莊

到伊利諾大學看女兒時，我會順道往附近的鄉間走走，我常去雅可拉（Arcola）。由香檳（Champaign）上五七號高速公路，往南約四十分鐘的車程即可到達。

在小鎮的藝品店閒逛，偶爾會有意外的驚喜。有些芝加哥的百貨公司從來不陳列的精品，在這兒可以找到。不論是手工縫製的方塊被、布娃娃，或是原木傢俱以及其他的木製工藝品，細緻中都蘊含著一股素樸的氣質，讓人愛不釋手。

在雅可拉逛了幾家藝品店仍覺得不過隱，我就順著一三三號公路往西行，來到亞瑟鎮（Arthur）買花生醬、蜂蜜、起司、麵包、糖果，像個大鄉巴佬進城。可別笑我土，這些純粹手工製成的美食，都是本地農家特產，吃起來頗有媽媽親自下廚的味道。

我沒有估算從雅可拉到亞瑟需要多少時間，在這兒，時間已經不那麼重要。在一三三號公路，只有走走停停，才能悠閒的享受田園之美，必須放慢腳步，才能約略窺視這一帶居民的生活。

遠遠的，我看見一部馬車迎面奔來，的答蹄聲從耳際飄過。不久，我又從車子的照後鏡瞥見一輛黑色馬車，緊緊跟在後頭。在綠油油的原野中，我這部日本小豐田，頓時顯得突兀。別說汽車與馬車截然不同，低頭看看自己的服飾，也明顯與此地的居民格格不入。不過別憂心，你只要知道這兒是阿米族（Amish）集聚的村落，了解他們過的是拒絕文明的生活，一切也就釋然。

雅可拉及亞瑟一帶的阿米族以德裔為主，他們因宗教信仰而聚集，從一八六四年就陸續到此開發。如今，散居此地的阿米族，約有四千人左右，仍以德語為方言，沿襲著他們祖先一百多年前的傳統，以農業生活為重心。

馬車，是這兒的主要交通工具。一部部馬車，馳騁在田野間，的確非常美。阿米族孩子十二歲就要學會駕馭馬車，一般家庭在兒子十六歲的時候，會送他們一部馬車當禮物，這份重禮，不知是否代表即將成人？

光鮮豔麗的流行服飾，在這兒受到唾棄。阿米族的穿著保守而統一。他們嚴格限制布料的色彩，不印花，只穿純黑、藍色、深綠或棕色的衣服。年輕女孩和老祖母都穿同一式樣的著地裙裝，不化妝、不戴首飾，甚至連扣子都避免，外人只能從臉上的皺紋去揣測她們的年歲。男士未婚前，下巴光潔，婚後必需留鬍子，他們大都戴黑帽或草帽，穿素色上衣，配吊帶長褲。

瀏覽雅可拉、亞瑟附近的商店，常見到瓦斯燈、煤氣燈擺在櫥窗，這可不是用來裝飾門面，它們是此地居民實實在在的生活必需品。阿米族不點電燈、不看電視、不打電腦、幾乎所有與電及機械有關的用品，都受到排斥。他們以瓦斯燃料來取代，冰箱、爐子都是燒瓦斯的。

我閒逛至一所學校，僅有的一間教室，整潔擺放著幾張課桌椅，學校放假了，見不到半個人影。為了配合農忙的五月讓孩子回家幫忙，學期早在四月底就結束。這一區，有十二所阿米族學校，規模小者僅有一間教室，大的也不超過三間教室。每所學校有二名教師，都為未婚女性，一位負責一到四年級的教學，另一位則教五至八年級的學生。阿米族自有一套教育系統，只教宗教及一般科目，如數學、語文、社會等，不教與科學相關的課程。極少數的學生八年級以後，進入美國的公立學校就讀，但是大部份的學生完成八年的學業，就離開學校，或回到農地工作，或學些求生技能。

對慣於接受文明洗禮的我們，孩子初中畢業就不再繼續升學，這是何等重大的事情，但是阿米族家長卻認為八年的學校教育，已經足夠讓他們的孩子面對農村生活，他們覺得家庭教育甚至重於學校教育。

著名的伊利諾大學就在鄰鎮，電晶體收音機、試管中的微生物試驗、電腦網路系統……許許多多文明的產物，在此研究發展。伊大，每年都吸引無數學子，從全美及世界各地不遠千里而來。這些，對於近在眼前的阿米族青年，難道不會有一絲嚮往？他們內心可曾掙扎過？難道囿於宗教誡律以及保守的家庭觀念，就讓他們必需承受代代務農的生活？

然而，時代的巨輪在轉。聽說，近二十年來，小鎮的風貌改變許多。阿米族在小鎮經營的事業，從小雜貨店到頗具規模的傢俱行，生意皆日益興隆。許多農村青年，白天到小鎮工作，夜晚才回到農家，過起上班族的生活。二十年前，村民夏日忙於農事，等到嚴冬，才做些木工、手工為消遣，並零星貼補家用。今日，許多村民把縫製方塊被、木製工藝當成全職，日日生產，以應付外來觀光客的需求。

大多數阿米族，都不反對遊客走進他們的村莊，做為一個觀光客的你我，也要尊重他們的生活。阿米族不希望遊客用攝影機拍錄他們的種種。你可以拿著相機拍馬車、農舍，但是不要去拍人（除非經允許），那是禁忌。對著迎面而來的馬車，記得，不可按鳴喇叭。

離開雅可拉，循著原路回香檳，我又上了五七號高速公路。此時，太陽以均衡的熱力照向伊州中部大平原，照在香檳、雅可拉、亞瑟這幾個比鄰而居的城鎮。陽光下，我驚異的發覺，素樸與文明，在這片莽莽草原中，竟能如此和諧相依共存，各自散放獨特的光芒。

溫馨的大學城——莪巴那．香檳

看氣象預報時，我會特別注意伊州中部大平原上空浮動的雲層，偶爾看到厚雲層疾馳飄過，我的心會隨之一震，希望龍捲風不要在平原颳起，我無由地關心著覆蓋在雲層底下那個大學城——莪巴那．香檳的溫度與濕度。

莪巴那．香檳距離芝加哥往南大約兩個半小時的車程。起先，我對於這個大學城的了解，都是來自資料的閱讀。女兒申請大學時，我把每一份招生簡章都讀遍，來自莪巴那．香檳的資料，只是其中的一份。因它離芝加哥不算遠，我們遂有了一邊旅遊順道參觀校園的念頭。那是個晴時多雲瞬間豪雨成災的日子，車子穿越中部平原時，大雨匯流，馬路成河，沿途的玉米田，早已氾濫成片片的沼澤，好不容易車子開到莪巴那．香檳，我們終於看到伊利諾大學（University of Illinois at Urbana-Champaign）的校門。那次的參觀校園之旅，僅止於看到校門而已，我們在校門口的停車場稍事停留，隨即又上路了，當時只想趕快逃離這塊災區。這場豪雨，使得女兒申請伊大的意願幾乎歸零。

回到芝加哥後，女兒繼續寄表格申請學校，我也在電腦上將她申請的各校錄取標準及學費、生活費做成一張明細表。數字用表格一列，很顯然，伊大的報價最合理，雖然莪巴那．

香檳上空的烏黑雲層在腦中揮之不去，然而純粹以經濟觀點來看，我多麼期望女兒能將伊大列為她的第一志願。

女兒陸續收到伊大錄取及獎學金的通知後，我們心平氣和地與她溝通，她終於同意再度拜訪莪巴那．香檳。這是一次深度的知性之旅。我們走進校門內的世界，聆聽校方為準新生做的報告，我們也隨著工讀生逛校園。工讀生的聰明伶俐、親和有禮，校園內莊嚴典雅的建築以及濃濃的學術氣息，讓我印象深刻。陽光下，我看到女兒專注聆聽時綻放的笑容，我的心情也隨之開朗。

女兒成了伊大的新鮮人，我也成了莪巴那．香檳的常客。去看女兒的時候，我經常住在離學校步行十分鐘的Jumer Castle Hotel。有時我會邀女兒到旅館與我同住，母女共享一頓豐美的古堡晚餐。有時夜半醒來，見她仍在燈下苦讀，雖覺不捨，卻也頗感安慰。這家詩意盎然的旅館，讓我心靈充滿溫馨。早春時候，冰雪載途，我會陪著女兒沿著旅館前的綠街送她上學；夏日炎炎，我就陪她到工學院的圖書館耗一整天；秋高氣爽，我們拾起飄落的紅葉一起欣賞；她上課的時候，我去逛校園內的美術館；她參加的樂團在音樂廳演奏時，我坐在台下分享她學習的喜悅。

大平原在我腦海中，向來是綿延千里的黃豆、玉米田，挺立在田野中稀稀疏疏的穀倉以及成群的馬、牛、羊。莪巴那．香檳讓我對平原有了更深的印象，它除了擁有豐富的自然景觀，更像一位涵養豐厚的慈母，將浩瀚的知識在平原中孕育。

一百多年前，莪巴那．香檳和美國中西部任何一個農村一般，處在一片草莽平原中，幾公里外才見到一戶人家。一八六七年，伊利諾州政府看中這片土地，便在兩鎮中間的空地上，創建伊利諾大學。伊大的創校，改變了平原景觀，使莪巴那．香檳成為聞名遐耳的大學城；伊大的學術聲譽，也讓莪巴那．香檳成為美國中西部的學術重鎮，來來往往的人潮中，有十九位諾貝爾獎得主，十六位普立茲獎得主，都住過這個溫馨的城市。

美國早期的州立大學，主要在配合地方建設，多以農、工、師範為主。伊大也不例外，它最早是個農工大學，後來再向理科與人文、法、商等科系發展。如今，它的工學院與農學院依然在全美名列前茅。如果沒有伊大百年來的建設與發展，今日的莪巴那．香檳必定仍是一片荒原吧！

翻開莪巴那．香檳的旅遊手冊，你會發現這兩個城市許多著名的景點都是伊大校園內的建築，像Krannert Art Museum，Krannert Center for the Performing Art，Assembly Hall，Memorial Stadium等。手冊中建議的旅遊路線也很另類，有一條路線是帶你參觀伊大的圖書館。你想圖書館有什麼好看的呢？但是莪巴那．香檳的居民可不這麼認為。他們告訴你，光是走馬看花逛遍伊大校園三十幾個圖書館，至少就要一整天的時間，若還要細看館內的陳設及瀏覽藏書，那就非得花上數年不可了。伊大圖書館藏書之豐，屢為當地居民樂道。的確，它超過九百萬冊的藏書量，在全美各大學術圖書館中，也僅次於哈佛與耶魯。

大學城內，最特殊的莫過於公車的行駛路線，我曾經花了不少時間研讀厚厚的一本公車路線圖，終於明白在莪巴那．香檳搭公車，必定要選黃道吉日。學校上課的日子，城市的交通絕對沒問題，兩分鐘之內，一定會有一班公車，載你到任何你想去的地方。學校放假時，公車不是停駛，就是改道，兩個鐘頭內見不到車影是很正常的現象，此時只有自求多福勞動雙腿了。為什麼會有這種現象？其實只要了解城市的人口結構，也就不難理解。莪巴那．香檳不到十萬的人口中，伊大的師生及家屬佔了八萬左右。當地居民大概除了農民外，所有經營的事業都與伊大習習相關吧！

在莪巴那．香檳，就算勞動雙腿，也是美事一樁。走在大學城的街道，花香、書香迎風襲來，讓人心曠神怡。我看到穿著實驗袍的老學者踽踽而行，我聽到年輕學子朗朗的笑語。鐘樓悠揚的樂聲，路邊無言的雕塑，都會勾起我無盡的思緒。走進莪巴那．香檳的任何一棟建築，不論是書局、圖書館、表演藝術中心、自然史博物館、美術館、體育館、學生活動中心、教學大樓，觸目所及，都讓我深深感受到文化與教育，有一種值得人們珍視的追求與價值。

莪巴那．香檳是女兒成長過程中的一塊棲息地，她要在這邊研習新知、學習獨立、結交朋友、奠定未來的方向，她將在這邊體會什麼是研究的精神，什麼是學者的風範。

我經常想念這個充滿文化氣息的大學城，但我深知，我不可能搬到那兒長住。羽翼豐滿的鳥兒，你當讓牠盡情飛翔。莪巴那．香檳是屬於女兒地方，做為母親的我，只能經常思念，偶爾陪伴。

伊利諾大學校園內，象徵通往大學之路的ALMA MATER雕像。

校園內莊嚴典雅的建築，充滿學術氣息。

無聲的瀑布

我說：瀑布有時也會沉靜不語。你會反駁：向來，它們在峽谷峭壁間翻騰，不論是狀如白練的小飛瀑，或是萬馬奔騰的大瀑布，總會發出淙淙的樂音，哼唱著優美旋律，傳遍山谷。是的，那是因為你住在亞熱帶，你經年享受溫暖的陽光，連帶著，你看到的瀑布，也都如你所說：四季吟唱著同一首歌，奔瀉於岩壁間，流向烏來的山澗，流向十分寮的水湄，從不歇止。

如果你像我，住在高緯度的北美洲，住在四季分明的大地，你就會相信：冬季，就算愛喧鬧的瀑布，在冰雪籠罩下，也會暫時停止作息。

伊利諾州的Starved Rock州立公園有許多峽谷與瀑布，它們是兩百萬年前，冰期時巨大的冰原在北美洲侵蝕留下的遺跡。

來！跟著我的腳步走入山谷，我帶你到公園內去看寒冬的瀑布。

裝備要齊全，穿上大雪衣，耳罩、圍巾、手套，樣樣不可少，還得換上笨重的釘鞋，免得在覆滿冰層的山路滑倒。

穿梭在枯林間，你看見了滿地的落葉埋在雪堆裡，也瞄到了太陽遠遠的躲在雲層間。小心地滑，千萬不要踩到亮晶晶的冰面。喔！怎麼那麼不小心呢？到底還是摔了個四腳朝天。你問路程有多遠？怎麼還沒有聽到潺潺水聲？別急！先看看腳底下早已凝固的溪流，你正沿著河谷上溯呢！迎面寒風刺骨，你的鼻樑凍紅了，你不禁嘆到：從來不知道陽光也有軟弱的時刻，竟然敵不過空氣中輕輕流動的風。你問我今天到底幾度？你說要讓流水無聲、瀑布無語，至少在攝氏零度以下吧？我低頭不語，沉沉冬日，持續好幾個月了，還有誰在意它溫度幾度？

你問我，為什麼冒著風寒來看瀑布？我告訴你，只為了滿足我曾經有過的嚮往。兩三年前，我在報上看到一張瀑布結冰的照片，拍攝地點就在Starved Rock州立公園。那張照片讓我感動，我當時就計劃，也要親自去拍攝這樣的景。我經常想著這件事，卻一直沒有成行，原因不外是太寒冷。

足履薄冰，舉步維艱，走走停停，竟然意外的發現一頭小鹿，緊跟著我們的步伐前行。難道牠也想去看瀑布？或者只是單純的想找一口水解渴？大地冰封，綿延千里，要覓一灣流動的清泉，談何容易！

聖路易瀑布的指標就在眼前了，然而此刻，盈盈入耳的盡是沉靜之聲。走進峽谷，豁然撞見一條垂直的冰柱懸於眼前，不染煙塵，如詩如畫，完美如初。仰望冰瀑，我們都沉默了。沒有啁啾的鳥啼，沒有吱吱的蟲鳴，沒有水流動的淅瀝聲，我們彷彿走進一個無聲的世界，不知如何才能劃破這壯麗的靜寂。

冰川進退，造就了神秘的峽谷，雨雪交融，形成了美麗的瀑布。瀑布年年結冰，把大地妝點得晶瑩剔透，瀑布年年解凍，把陽光喚回冰冷的峽谷。結冰、解凍，周而復始，北美洲的瀑布，永遠在不同的季節，踏著不同的舞步。

我舉起相機按下快門時有點抖動，不知是我冰凍的雙手不聽指揮，還是我內心有一股莫名的激動。望著無聲的瀑布，我告訴自己，我的腳印已在這個冰河遺蹟的新雪中留下，我的嚮往，已經得到滿足。

瀑布有時也會沉靜不語，瀑布年年結冰，把大地妝點得晶瑩剔透。

嶙峋的岩柱迷宮——布萊思峽谷

芝城文友在「芝加哥華僑文教中心」舉辦一場「攝影觀摩展」，我帶了幾幅自己喜愛的作品參加。一到會場，發現有幾個朋友竟也不約而同，帶來在「布萊思峽谷國家公園」攝下的景。如此巧合，除了彼此會心一笑，也說明了布萊思峽谷是攝影者的天堂。

位於美國猶他州南部的「布萊思峽谷國家公園」（Bryce Canyon National Park），向來以它瑰麗的色彩和獨據一格的地形而聞名。嚴格說起來，這個地形獨特的公園，並不能算是一個峽谷，它是「龐砂崗高原」（Paunsaugunt Plateau）邊緣，錯綜複雜的侵蝕地形。飽受侵蝕的岩石，在此形成著名的奇石林。

美國人稱這些石林為「Hoodoo」，Hoodoo原是非洲語，它有兩種定義，一為因侵蝕造成的尖錐形岩石，一為帶來厄運的人或物。美國人用這個字來形容美麗的石林，或許包含雙重的意義。人們對於自然界難以理解的事物，除了崇拜，也會因畏懼而敬而遠之。

一八七五年到一八八〇年之間，從蘇格蘭移民到美國的依本那澤布萊思（Ebenezer Bryce），帶著家人來此開墾。種地，養牛，興建鋸木廠，整修道路。布萊思家族雖於一八八〇年以後就搬遷到亞利桑那州，卻留下美名。今天，整座公園，還有一個眺望點，都以布萊思為名。此地由於景觀壯麗，地形結構又深具科學價值，於一九二八年被列為美國的國家公園，目的是為維護區域內的自然生態，以及飽受風化作用而雕蝕成的石塔、石柱、石壁。

早期，交通不便，除了探險家或伐木工人，很少人來到此地，當時的交通工具，都借重驢、馬等能載貨的動物。一九二八年布萊思被列為國家公園時，由於地處偏遠，黃土路難行，訪客不多。如今，每年有超過兩百萬的遊客，從世界各地蜂擁至此。夏季，更是人潮洶湧。狹窄的道路，車潮如流，經常造成交通阻塞，公園內的著名景點，停車位總是一位難求。為了改善交通，減少園內的噪音與空氣污染，公園的管理單位，除了不斷整修道路，擴充設備，也於五月至九月間，提供大型巴士，載遊客入山遊玩。不願意自己開車的遊客，可將車子停在公園外圍的停車場，搭乘公園的巴士入山。巴士十到十五分鐘即有一班，遊客可以選擇喜愛的景點下車，玩累了，再搭下一班車往另一個景點，非常方便。

我們抵達布萊思國家公園當天，已近傍晚。在「旅遊中心」拿了資料，就沒多少時間欣賞風景了，只得先選個名為「日落點」的景點，暫時「到此一遊」。車子沿著公園蜿蜒的道路行進，視野所及，除了兩旁的龐德羅莎老松，顯得古意盎然，有點迷人外，並不覺得此地有何特殊。來到「日落點」，把車停妥，走入步道，來到高原邊緣，向下一望，才恍然領悟詩人寫出「山窮水盡疑無路，柳暗花明又一村」的心境。

極目遠眺，一大片的赭色石林，密密麻麻，整齊有序的排列，像一個天然雕刻的寧靜之城，極為壯觀。再細看這些石林，彷如中國地理上幾個著名的景點都濃縮於此了。有些岩柱排排站立，像極了先秦時代的兵馬俑；有些石壁高低起伏，成帶狀橫列，像長城；有些頑石躲在凹進的洞中，像敦煌石窟的一具具佛像；有些石塔鱗次排列，像一座座莊嚴的古寺廟。隨著霞光映照，夕陽角度的變幻，奇石拉出的光影，反射出瞬息萬變的色彩，令人目不暇給。

清晨與黃昏，是最適合取景的時刻，許多攝影愛好者，早已架好攝影器材，站在高原邊緣等待，每個人都極欲捕捉日落前那最神秘的一刻。

坐在岩石上，我在心中描繪一幅圖，想像眼前這片精緻美景形成的過程。冬天到了，白皚皚的雪花從天而降，一片又一片，覆蓋在石林，把大地粧點成晶瑩剔透的銀白；春天來了，融化的雪水慢慢流下，滲進散落在斜波上的碎石塊；夏季來臨，雷暴風雨在夜間驟然而至，沖走碎落的泥塊；秋風吹起，順勢捲走剛被炎陽晒乾的細沙。日復一日，周而復始，結冰、解凍、雨蝕、風化，龐沙崗高原周邊的巨石，就在大自然這個鬼斧神功的雕刻師手下，歷經千萬年、億萬年，逐步雕成。

高原所在位置海拔高，最高處達二千七百七十八公尺。海拔高，溫差也大，雖是炎炎夏日，傍晚時刻，涼風吹來，也隱隱感到一股寒意。這個季節，白天平均溫度攝氏二十七度左右，但到夜間，則只有攝氏四度。聽幾個遊客談起，這裡的陽光特別灼人，尤其大白天，如果不戴頂帽子或擦點防曬油，就參加石林健行，恐怕會被烈日整慘。此刻已是夜幕低垂，我只能感受到夕照的溫柔，無法體驗它白日的威力。

那晚，我們住宿公園外圍一家旅館。隔日，又匆匆進入公園，想要看日出，可惜，到達「日出點」時，已錯過了曙光映照大地那一刻。雖與旭日初升失之交臂，卻意外享受到山中的寧靜與清新。我們看到趕早遊園的騾隊，在晨曦中走入山谷，不久，又遇上一群徒步登山客。我們逛了幾個著名的景點，天然橋、彩虹點、女王的御花園、沼澤峽谷、龐德羅莎峽谷。石林沐浴在朝陽中，像神秘的千面女，不斷變幻它的容顏，每一道光，每一條影，都讓我們感到驚奇。

穿梭在峽谷山道，我也注意到石林並非不毛之地。雖然任何生命都無法在陡峭的斜坡上存活，但在坡度和緩的峽谷邊上，仍然可以看到大量的動植物。公園內擁有大片的龐德羅莎松、檜木、雲杉。峽谷邊緣，兔子草毛茸茸的莖四處伸展，黃色的小花恣意怒放；低地的礫質土壤裡，絲蘭綻放出又大又白的花朵。黃腹土撥鼠在石縫中尋求庇護；酷伯鷹虎視眈眈，等待獵食小鳥和囓齒動物；黑尾鹿在低地覓食，羚羊、熊、山獅，遊走山巔，在高地上來去自如。

翻閱相簿，當年站在高原頂端，俯瞰歲月的鑿痕，那股震憾，仍在心頭蕩漾。遊布萊思峽谷，已是多年前的往事，但記憶猶新。那靜悄無聲的夜，那完美如初的清晨。那嶙峋的岩柱迷宮，奇譎詭異。那一石一柱，彷如仙境，彷如魅影，皆歷歷如目。

結冰、解凍、雨融、風化。龐沙岡高原周邊的巨石，就在大自然雕刻師手下，歷經千萬年、億萬年逐步雕成。

布萊思峽谷向來以瑰麗的色彩和獨樹一格的地形而聞名。

極目望去遠眺一大片的赭色石林，密密麻麻、整齊有序的排列，像一個天然雕刻的寧靜之城。

漁人碼頭看海

加州海岸有許多叫「漁人碼頭」的地方，最有名的當然是舊金山的漁人碼頭。十多年前，我蜻蜓點水似的去逛了一趟。當時的印象，就是擺在攤位上的一隻隻大螃蟹，我們站在路旁，點了幾個蟹肉三明治，迎著海風，邊吃邊逛，吃完三明治，也就完成了到此一遊的任務，繼續下一站「優勝美地」的行程。

此次，我們搭舊金山的F路線街車（Street Car）來到漁人碼頭，我有足夠的時間慢慢逛。越逛越覺得它觀光味十足。處處商店林立，人來我往，互不相讓。擠在嘈雜的餐廳，點一道蟹肉沙拉，雖有象徵性的蟹肉，價錢卻貴得離譜。不過，我們還是玩得挺開心。

站在碼頭角落，遠眺金門大橋，近看帆船隊伍，依續列隊前進，就足以讓人心曠神怡。最有趣的，是看那群霸佔碼頭船位的海豹，你推我擠，又叫又嚷，那種你爭我奪的境況，和人類其實沒有兩樣。

這些海豹自一九八九年舊金山大地震後，開始群聚於此，起先只有十到五十隻，幾個月後，增加到三百隻。近幾年，每到冬季，群聚數目更高達九百多隻。夏季，海豹會往南方遷移，天寒了，又都回來霸佔此地。舊金山灣區有豐富的漁量，正可滿足牠們的口腹之慾，霸佔來的船塢，又可提供牠們休憩之地，加上人為的刻意保育，牠們當然可以在此逍遙自在，為所欲為了。在這麼良好的生存條件下，有些海豹甚至不再遷徙，終年落腳於此了。

Monterey 灣的漁人碼頭，也是著名的觀光景點。和舊金山的漁人碼頭又不同，這兒的觀光客沒有爭先恐後的焦慮感。幾對情侶手拉手沿著海岸散步，悠閒寫在臉上。那天在Monterey灣，就是在這種無憂無慮的氛圍中，我才能細細品味碼頭的古樸與海岸的美。

我沿著堤岸慢慢走到一群釣客旁，有一個人剛釣起一條魚，又馬上放回去。「這魚不好嗎？」我有點疑惑，「喔！不，我釣魚只是樂趣，並不想吃這些魚。你看，牠們一群群在水中游，挺有趣的。」我低頭，果然看到水面上全是魚，魚肚在陽光映照下，閃閃發光，非常亮麗。我正興奮著這驚人的發現，就看到一隻海獺游過來。

牠仰泳，頭和身體半露出水面，前肢忙亂地拍打自己，牠把胸部當成餐桌，利用石頭把貝殼敲開取食，可愛極了。牠把貝肉吃進嘴裡，馬上又潛入水中，幾分鐘後浮出水面，這回抓到的是一隻海膽。聽說海獺每天要吃大約體重四分之一的貝類、海膽、螃蟹、魚類，難怪牠在水中潛進潛出，異常忙碌。

我抬頭，一群群的鵜鶘在空中盤旋。牠們專注看著水面，尋到獵物時，即猛然俯衝，潛入水裡，浮上水面時，獵物已含在嘴裡。站在堤岸，看鵜鶘捕魚，是一道豐富的心靈饗宴。難怪這麼多釣客，手持釣竿，卻無釣魚之意，原來，他們是來看海的。

每一個碼頭，都有它的興衰歷史。Monterey灣的漁人碼頭，也有它一段源遠流長的故事。它曾經是奴隸的轉運站，也曾經是高桅帆船航運的中心點。獵鯨業發達的時代，許多捕獲的鯨魚，經由這個碼頭送上岸去加工。二十世紀初，大魚不再受青睞，漁夫捕起小魚來，碼頭又變成沙丁魚罐頭的中繼站。隨著工商業的起起伏伏，碼頭只是盡忠職守，在每個年代扮演不同的角色。

如今，Monterey灣的漁人碼頭，不再肩負漁夫卸下漁貨的重任。停靠岸邊的船隻，已由漁船變成載遊客出海釣魚或賞鯨的遊艇。

逛累了，我們走進一家優雅的餐廳，侍者引領我們到二樓。餐廳面向海，四周全是落地窗，窗明几淨，令人身心舒爽。我們一邊點菜，一邊欣賞海岸風光，傍晚時刻，遊艇都已歸航，成群的海鷗，隨意立在船上。聽潮聲，啜一口清茶，我望向窗外，看到一個街頭藝術家，正在為往來的遊客畫像。街道行人稀稀落落，沒有舊金山的漁人碼頭貴氣豪華，卻有一股令人傾心的典雅。一邊品嚐海鮮大餐，一邊看夕陽西下，要不是因為回旅館的路不熟，必需趁著天黑之前走，我還真希望時間就此停格呢！

加州的海岸常見海豹群集，享受日光浴，而舊金山灣區豐富的漁產更吸引許多海豹前來。

如今，停在漁人碼頭的船隻已由漁船變成遊艇。

從餐廳往外望，成群的海鳥盤據在岩石間。一旁悠閒的旅人划著獨木舟。

走入赤杉林

在聖塔克魯茲（Santa Cruz），旅遊中心的工作人員，建議我們到赤杉森林走一趟。聖塔克魯茲附近有好幾個赤杉森林，連加州大學聖塔克魯茲分校都是建在一片杉木森林中。

我們選擇到聖塔克魯茲往北，約四十五分鐘車程的大盆地赤杉州立公園（Big Basin Redwood State Park）。它是加州最早設立的州立公園，於一九〇二年成立，佔地一萬八千英畝，公園內除了小溪、瀑布，最聞名的就是赤衫群了。

加州的海岸赤杉（Coast Redwood），是世界上長得最高也是最古老的樹群，非常壯麗。它的分布地區範圍狹窄，集中在太平洋沿岸的山區地帶，由奧勒崗州邊界到加州中部的Big Sur，延伸約七百二十公里左右。這一帶受太平洋的影響，經年氣候潮濕、多霧，孕育了赤杉良好的生長環境。赤杉的平均樹齡高達上百年，樹身的直徑有十到十五呎，平均高度有二百至二百四十呎，有些甚至高達三百六十呎的。如果沒有天然災害或人為破壞，每棵樹都可活到二千年以上。

赤杉的樹皮和樹身都含有高度的單寧酸，由於單寧酸的關係，它的外觀看起來呈棕紅色，名為赤杉，就是因為色彩獨特。單寧酸，還有天然的抗霉菌及防蟲效果。樹皮，單寧酸的含量更高，具有防火功能。因此，幾個世紀以來的天然森林大火，並沒有把它們燃燒怠盡。不怕火傷蟲咬，還有哪些樹木能有這樣的能耐呢？

我們在林中閒逛，發現許多大樹的外皮，都有燒傷的痕跡。有些甚至曾經被雷擊中，樹心已呈中空，外表一片焦黑。奇特的是，它們仍然活得好好的。樹得天獨厚，能自行療傷，即使需時千年，它也要把火傷處療好吧！

赤杉樹身碩大無朋，枝葉卻細緻柔軟，扁平針狀的葉片，隨風搖曳，讓人覺得生意盎然、剛柔並濟。

走在林中，我們不時撿到掉落地面的毬果。毬果約為一吋長，每顆毬果大概含有十四到二十四個小種子。小種子在手上把玩，一點都不起眼。很難想像，千年以前，這些大樹的生命，由如此細微的種子開啟。我抓一把毬果，灑向天空，不知千年以後，會不會有其中的一粒種子，也長成一株三百呎高的大樹？

除了由種子繁衍，小樹苗有時也會從母樹的根長出來。赤杉的幼苗長得非常快，如果沒有天災，小樹苗每年可以長大一呎左右。沿著步道，可以看到許多巨樹群，它們併立一起，就像我們營火會時，大家手拉手，圍個大圈圈一般。母樹單獨立於中心點，軀幹最粗壯，子樹則環繞其周圍。每一樹叢，少則五、六株，多至七、八株，氣勢非凡。

赤杉枝葉蓊鬱，陽光不易透入，走在林中，有一種陰沉的感覺。偶爾，啄木鳥「哆！哆！哆！」的啄木之聲，才稍劃破滿山的靜寂。隨著聲音追尋，可以找到不少紅頭啄木鳥，攀著樹身，跳上跳下。路邊有幾棵倒下的大樹，我注意到，有一段比較腐朽的樹幹，坑坑洞洞，滿目瘡痍，還被塞滿橡樹櫟子，原來，這都是啄木鳥的傑作！

與赤杉為伴的，除了啄木鳥，還有小鹿、浣熊、臭鼬、松鼠。小動物悠然自在，遊走林間，彷如有大樹庇蔭，就能目空一切。遊客最好奇也愛尋找的小東西，有點特殊，牠不是什麼龐然大物，而是一種經常依附在赤杉根部的軟體動物，香蕉蛞蝓。牠全身黃透透，體型就像一根香蕉，也許因為色澤鮮豔，而成為此地的註冊商標吧！

公園開闢許多健行步道，也設立好幾個露營區。已經入秋，營區空蕩蕩。我們只走完一條健行步道，就足足花了三個鐘頭。山道岔路很多，路標也不明顯，令人宛如進入迷宮。

走出山區，我看到一大塊赤杉的橫切片，懸掛在步道入口處。樸實無華的木片，卻深深吸引我的目光，讓我感動的，是木塊上那一圈圈的年輪。年輪，是樹的自傳，每一棵樹，都以年輪來為自己的一生，留下永久記錄。木塊上兩千多條紋路，見證的，是這棵赤杉兩千多年來的山居歲月。哪一年發生旱災，哪一年鬧了洪水，日日夜夜，都一一寫在曲曲折折的紋路中。輕輕撫摸木塊，忽然覺得心有點沉，捨不得離去。

赤杉林中走一回，讓我見識到千年古樹的雄偉，體會到心靜自然涼的舒暢。人不能遺世而獨立，偶爾到山區，與林木為伍，聽聽鳥叫蟲鳴，許多不如意事，也就隨著飄落的葉片，在瞬時之間一掃而盡了。

加州海岸的赤杉，是世界上長得最高、也是最古老的樹群。

赤杉的樹枝和樹身都含有高度的單寧酸，由於單寧酸的關係，
它的外觀看起來呈棕紅色。

驚豔蝴蝶谷

台灣是「蝴蝶王國」，我在台灣長大，看慣了這些翩翩善舞的小東西，並不覺得牠們有什麼特殊之處。有一陣子，我還特別恨蝴蝶的幼蟲。我在庭院栽植幾棵花草與疏菜，還來不及成長與收成，青綠的葉片就被咬得支離破碎，不用說，一定就是這些毛毛蟲搞的鬼。

學生時代，經常聽同學談起蝴蝶谷的壯觀與神秘。對於同學的邀約，我總是興趣缺缺，就怕萬一蝴蝶看不成，卻遇上那成千上萬的毛毛蟲。如今回想，實在是自己的知識不足，又缺乏追根究底的研究精神，以致於將自己的想法鎖定在象牙塔內，而無法廣闊地欣賞繽紛的世界。

其實，蝴蝶的種類很多，各種蝴蝶的生活習性、型態與生命週期也大不相同。屬於「定居性的蝴蝶」，總是以自己的生活地為中心，在一定的範圍內活動；屬於「移棲性的蝴蝶」，羽化為成蟲後，就離開生長地了。

在台灣，每當冬天來臨，數以萬計的紫斑蝶，由中北部山區南飛，集聚在高雄和屏東的袋狀山谷中過冬，而以位在高雄茂林鄉魯凱族山區的「紫蝶幽谷」景致最壯觀。紫斑蝶就是移棲性蝴蝶，「紫蝶幽谷」的觀賞者，何需有飽受毛毛蟲驚嚇的顧慮呢？

蝴蝶谷，並不是生物學上的專有名詞，只要是很多蝴蝶集聚的山谷，就可以稱之。生物學家分析其成因，將它分為三個類型。

生態型蝴蝶谷，指的是特定山谷內，因盛開著大量蝴蝶喜好的花草，或生長許多蝴蝶幼蟲的寄主植物，而吸引大量蝴蝶前來採花或繁殖。例如每年初夏，台北大屯山盛開的澤蘭，便會吸引成千上萬的青斑蝶群聚訪花。

蝶道型蝴蝶谷，指的是特定種類的蝴蝶，如鳳蝶、粉蝶、小灰蝶等的雄性個體，為達到性成熟，必需吸收大量礦物質，牠們便常沿著溪邊飛行，尋找合適地點吸水。由於牠們皆有固定飛行路線，且常成百上千集聚一起，故稱為蝶道型蝴蝶谷。台北烏來山區的鳳蝶谷，及高雄美濃的黃蝶翠谷，便是著名的蝶道型蝴蝶谷。

越冬型蝴蝶谷，指的是特定種類蝴蝶，為了越冬而大量集聚在一個山谷的現象。「生態型蝴蝶谷」及「蝶道型蝴蝶谷」在台灣及世界各地都有分布。「越冬型蝴蝶谷」則即為罕見，目前就只有墨西哥及美國加州的「帝王斑蝶谷」及台灣的「紫蝶幽谷」最典型。

近日陪女兒到加州上學，也順便到她學校附近的州立公園逛逛。在赤杉州立公園的遊客服務中心，正巧有人問起蝴蝶谷的事，管理員告訴他們在聖他克魯茲（Santa Cruz）的天然橋州立海灘（Natural Bridges State Beach），就有一個著名的蝴蝶谷。

天然橋海灘就在加州大學聖他克魯茲分校附近，從女兒的宿舍開車去，只要十分鐘。這個海灘以一個造型奇特，形狀似一座橋的大岩石聞名，此地就是以這塊大石命名。海灘的左邊是岩岸、右邊是沙灘，遊客既可在海濱衝浪、遊泳，又可在岸邊觀賞成群的海豹，慵懶的躺在岩石上曝曬陽光。

海灘後方，有一塊延伸的谷地。谷地種滿高大的油加利樹，並有人行步道，通往谷底，這就是著名的蝴蝶谷了。每年夏末秋初，數以億計的帝王斑蝶（Monarch Butterfly），由出生地加拿大東部森林移棲到加州和墨西哥過冬，牠們以平均每天一百三十公里的速度橫跨美國向南飛。蝴蝶的數量，以十月中旬時達到高峰，牠們停駐在太平洋沿岸的油加利樹、松樹、柳樹、毒藤、野莓上。彩蝶漫天飛舞，橘紅的翅膀，搶盡綠樹的光芒。

二月，天氣漸漸暖和，蝴蝶陸續返鄉，回到牠們的出生地，傳宗接代後隨即死亡。牠們的後代，靠著天生的雷達系統，天寒時，又會正確無誤地循著祖先的老路旅居他鄉，世世代代如此循環，加州海岸的蝴蝶谷，竟也有上百年的歷史了。

我們到達蝴蝶谷的時間是九月下旬，還不是賞蝶的正確時機，但是已有先鋒部隊陸續抵達。陽光下，成群款款而飛，也夠令人驚豔了。當天色漸暗，我才注意到，許多蝴蝶早已提前打烊，成串地掛在油加利的葉片上。牠們闔上翅膀，色彩不再鮮明，如果不仔細觀察，還以為是枯乾的葉片呢！聽說氣溫在華氏五十五度以下，蝴蝶便不太活動了。名為帝王斑蝶，想來必是龐然大物，其實不然，如果品評，只能說它蝶身輕巧玲瓏，姿態尚不及鳳蝶優雅呢！牠們只是群聚而顯得聲勢浩大罷了。

帝王斑蝶的幼蟲，只吃一種乳草科的植物。繁殖期，斑蝶會把卵下在乳草葉的背面，卵孵出後，幼蟲馬上就有食物可享用。斑蝶幼蟲靠乳草為生，因此帝王斑蝶也叫乳草斑蝶（milkweed butterfly）。想要吸引帝王斑蝶到家中的庭院並不難，只要種些乳草，就可以把庭院變成一座絢麗的蝴蝶生態區了。

在加州，自然生態的保育十分嚴格。帝王斑蝶都是受到保育的貴客，遊客如果任意捕捉，破壞生態，是要坐牢半年的，否則也要易科罰金五百美元！

千百年來，人們都知道候鳥會成群遷移，至於蝴蝶遷徙，則是晚近才為科學家所重視。帝王斑蝶的移棲，仍有許多不解的謎。科學家發現遷徙的帝王斑蝶可活八、九個月，未遷徙的帝王斑蝶卻只能活一個月，為什麼？沒人知道。是什麼樣的機制，引發牠們遷移？牠們的路線是怎麼定的呢？牠們的導航系統是什麼？牠們如何對抗變化多端的風、溫度以及惡劣的天氣？這些問號，都是科學家極欲探究的。

來到蝴蝶谷，親眼目睹了自然界的奧秘，讓我心胸為之開闊。也許我不該再對毛毛蟲懷恨在心。卵、幼蟲、蛹、蝴蝶，蝴蝶的生命週期本是如此，生生不息，循環不已。我怎能以狹隘的眼光，獨愛美麗的蝴蝶而鄙視牠的幼蟲呢？或許我也該去買幾棵乳草種在庭院。

帝王斑蝶的移棲，仍有許多不解的謎。

早春的洛磯山脈

隨外子到丹佛開會，我們順道在附近玩了幾個景點，走訪洛磯山脈延伸到科羅拉多州這一段高原，洛磯山脈最高的山峰全集中在科羅拉多州，那裡有五十多座海拔四千三百公尺以上的峰巒。三月，還是雪季，高原上許多道路仍然封鎖。從山腳仰望，白雪覆蓋的山頭，壯闊雄偉，草原上，成群的美洲赤鹿（American elk）集聚覓食，安逸柔美。旖旎的風光，不同凡響的氣勢，加上山坡上的光影，交疊閃爍，讓我心緒豁然開朗。

前一次遊洛磯山脈，已是十多年前。當時我們與好友王勁新一家共租一部旅行車，花了十多天，走訪美國西部。那一年，我們兩家在丹佛會合，由科羅拉多州往北走，行經綠野平疇的河谷，攀登峰巒起伏的山巔，走過冰河的遺跡，來到蒙大拿州。洛磯山脈只是我們行經的景點，並沒有多作停留，時值八月，我們攀上山脊的高峰，留存的記憶中，印象最深刻的，是山脊上八月刺骨的寒風。舊地重遊，我們想循著當年的路線，再走一回。東繞西轉，不是碰到封山，就是道路冰雪未融。走訪的季節不同，景觀也大異其趣，上山的人潮，都是去滑雪，行囊中裝滿的，是雪屐、雪衣。

無法登上山巔，我們只能開著車子在海拔較低的地區遊蕩。我遊國家公園，最大的樂趣，就是尋找野生動物，認識野生植物。手拿一本手冊，按圖索驥。書冊上的一朵小花，我在山壁瞧見了它；在扉頁間流動的草，我在岩縫中找到它。即使是小小的探索，都會帶來無限新意。追蹤動物，就得憑點運氣，在浩瀚無際的山區，野生動物像逐水草而居的遊牧民族，隨處遷移，但只要了解牠們的習性，再留意牠們可能出沒的時間、地點，通常也會有所斬獲。

舊的記憶，加上新的體驗，車子在蜿蜒的山區緩緩而行，這個季節，正值遠到他處避寒的藍鵲返鄉，翠綠的松枝，有了藍鵲點綴，配上清脆嘹亮的鳴聲，整座山彷彿躍動起來。我們經過幾處名為「湖」的地點，卻見不到半滴水，有些湖面還結冰，有些枯竭了，變成低窪的草原，就在這片低窪草原，我們遇見了成群的赤鹿。赤鹿，經常在草原及森林交接處活動，會在清晨及傍晚出來覓食，能相遇，自是有緣。

登名山，不一定要登上峰頂，才算征服，沿途的跋涉，有時更能激勵人心。此刻，就在群山環繞的這片草原，我與赤鹿為伍，緩緩移動腳步，呼吸著瀰漫草香的氣息，我的心情，也隨這片山水，變得舒暢寧靜。

洛磯山脈的早春，別有一股風情。清風吹來，仍有寒意，狂瀉的陽光，不會傷人。偶爾飄起的白霧，像披在山腰上的一條白紗，神秘輕柔。冰雪正在融，大地蠢蠢欲動。埋藏在地底的種子，爭先恐後探出頭，隱匿在枯枝的嫩葉，也急欲伸展。遠走他鄉的候鳥，成群歸來。剛出生的小動物，正睜開雙眼，迎接未來。麋鹿立在小溪旁，赤鹿躺在草地上。觸目所及，一片欣欣向榮。我想起蘇軾的詩「橫看成嶺側成峰，遠近高低各不同，不識廬山真面目，只緣身在此山中」。站立山腰，俯視群山，我與詩人的心境竟是如此貼近。

洛磯山脈的早春別有一股風情。冰雪正在融，大地蠢蠢欲動。

赤鹿經常在草原及森林交接處活動。

國旗飄揚

到科羅拉多旅遊，朋友建議我們到「Garden of the Gods」，朋友說那兒有很壯觀的奇岩怪石，值得去逛一逛。

到達Garden of the Gods 時，已近中午，我們先在旅遊中心喝咖啡，吃點小吃，當我往窗外一望時，忽然看到遠處有一面很熟悉的旗，我跟老公說，我看到旗桿上飄著一面旗，圖案跟我們的國旗好像，我想過去看一看。

當我靠近一看，果真是我們的國旗飄揚在晴空下。在著名的風景區入口處，飄著一面中華民國國旗，我當時的興奮與感動真是難以形容。

拍了照，我好奇的到服務台詢問，為什麼這邊會掛中華民國的國旗？得到的答案是：Garden of the Gods 的所在地Colorado Springs 與高雄市是姊妹市，將姊妹市所在國家的旗子掛在旗桿上，是友誼的象徵。知道我們來自台灣，服務台的人員更興奮，彷如有朋自遠方來，親切的與我們閒話家常。

原來，廣大的世界會因一面小小的旗子讓人拉近距離，原來，異鄉的遊子會因看到故鄉的一面旗子而激動，那一刻，我覺得驕傲，那一刻，我真的感受到青天白日滿地紅所代表的意義。

著名的風景區入口飄著一面中華民國國旗讓我興奮感動。

閣樓鐘聲

偶爾，路過芝加哥大學，遠處傳來悅耳的鐘聲，我總會揣測那敲鐘者是誰，悠揚的樂聲，帶著幾分神秘。

有一天傍晚，我從芝加哥大學的洛克斐勒教堂經過，教堂旁邊的草地上坐滿了人，有人還帶了食物像是要野餐，我問路人：「這附近有什麼活動嗎？」「如果你沒事，就坐下吧！等一下有一場鐘琴演奏會，很有趣的，坐下來聽聽吧！」這位陌生的朋友隨後遞了一份節目表給我，並告訴我，演奏尚未開始，有興趣的人，還可以上去閣樓，與音樂家面對面，看他演奏。我看了一下節目表，當天的演奏者是來自德國的Georg Koppl先生，曲目有巴哈、莫札特、貝多芬等人的曲子。

果真，過了一會兒，就有一個人從教堂走出來，問誰有興趣上閣樓看音樂家演奏。這種難得的機會，我怎能錯過呢？我馬上站出來，不到幾分鐘，就聚集了十來個好奇者。於是我們跟著這位先生走進教堂，他先讓我們進教堂參觀，然後帶領我們上閣樓，這位先生也是音樂家，跟我們聊些管樂和鍵盤樂器的差異。

爬了兩百多級的旋轉樓梯，我上到閣樓的時候，已經兩腿發痠，氣喘噓噓了。閣樓的空間大約四坪左右，除了演奏者，只有一部琴。我心中暗想，在這裡演出的音樂家，除了得承擔獨自隱於閣樓的寂寞，還得通過嚴格的體能測驗哩！

音樂家非常幽默，他看到大家滿頭大汗，笑稱自己能在這兒演奏，顯然健康情況良好。鐘塔音樂，起源於十五世紀，到了十九世紀，製造鐘鈴的工藝已經沒落，幾近絕跡，直到二十世紀，這種音樂才又重新受到重視，目前世界各地能演奏鐘琴的音樂家並不多。

音樂家要我們先在閣樓看他演奏幾首曲子以後，再到戶外的草地上聆聽，感受一下室內與室外音響效果的差異。他並特別強調，鐘鈴的聲音能夠傳得很遠，是屬於戶外的音樂。

與音樂家面對面，看他手腳並用，拳打腳踢擊踏出每一個音符，我才明白鐘琴演奏，原來也是應用鍵盤的原理。鐘琴是由一組至少有二十三個調好音的鐘鈴所組成。鐘琴的鍵盤組合，跟鋼琴很像，但是除了鍵盤以外，它還有整組的腳踏板。演奏者按下鍵盤或踩下踏板時，牽動相關的鋼索及木桿，觸動鐘擺，於是大鐘發出低音，小鐘發出高音，美妙的音樂就這樣形成，和諧的鐘聲就這樣傳出。

芝加哥有四座鐘塔，是全世界最多鐘塔的城市。座落於西北大學的鐘塔，一九〇一年興建，年代最悠久；瑞柏千禧鐘塔最新，二〇〇〇年才落成；芝加哥植物園內的鐘塔，開架式的座落在一片綠野中，雖然只有四十八具鐘鈴，顯得嬌小，卻給人一種溫馨舒暢的感覺；芝加哥大學的鐘塔，是全世界第二大的鐘塔，建於一九三一年，擁有七十二具鐘鈴，光是鑄鐘的材料，就用了一百噸的青銅，最大的鐘鈴，直徑長達十尺，重達十八點五噸，在世界各地極為少見。

這座鐘塔英文全名為：「The Laura Spelman Rockefeller Memorial Carillon」是洛克斐勒二世為紀念她的母親而捐贈給芝加哥大學，所以鐘塔以她母親的名字命名。全世界最大的鐘塔，建於一九二五年，有七十四具鐘鈴，座落在紐約的河濱教堂，有趣的是它的英文名字也是「The Laura Spelman Rockefeller Memorial Carillon」，是洛克斐勒先生紀念他的妻子而捐贈給河濱教堂的禮物，所以鐘塔以他太太的名字命名。

中場休息時，我們依續走下閣樓，在旋轉樓梯間，隔著窗子，可以看到大大小小的鐘懸掛在樑柱間。有人說，鐘塔初建時，是先把鐘在內部架上後，再砌上外面的牆。回味剛剛音樂家演奏的神情，再看看眼前一具具垂掛的鐘，我不禁讚嘆，這是何等奇妙的樂器。我終於揭開鐘樓神秘的面紗：響起的鐘聲不是用敲的，而是用彈的。只是一般鍵盤樂器都以手指來彈奏，鐘琴演奏者似乎粗魯一點，除了手指，還得靠拳頭。

下半場演奏開始，我倚在一棵大樹旁坐下。附近的人群，有人手捧書本，有人啃著麵包，有人輕聲交談，每個人都悠閒自在。旋律在空中旋轉、飄下，叮叮噹噹的鐘聲，忽近忽遠。我深深吸了一口氣，原來，古典音樂也可以讓聽者感覺這麼清新自由、不拘小節。

芝加哥植物園的鐘塔只有四十八具鐘鈴，顯得嬌小。

芝加哥大學的鐘塔，是全世界第二大的鐘塔，有七十二具鐘鈴。
鐘塔初建時，是先把鐘在內部架上後，再砌上外面的牆。

彩繪玻璃窗的世界

朋友來訪，我喜歡帶他們到海軍碼頭，並不是因為那邊有特別喧鬧的人潮，而是海軍碼頭裡面，有一個很獨特的博物館。

「史密斯彩繪玻璃窗博物館」位於海軍碼頭的廊道內，它是美國唯一以彩繪玻璃窗戶展出的博物館。這個博物館是史密斯家族（Maureen and Edward Bryon Smith Jr. and their son Edward and Peter Smith）送給芝加哥市民無價的禮物。

有人稱彩繪玻璃為「窮人的聖經」，這是因為中古世紀時期的歐洲，能受教育的窮人不多，傳教士們為宣傳教義，即大量使用彩繪玻璃，將聖經裡的故事，轉化成一幅幅美侖美奐的彩繪鑲嵌玻璃窗，以看圖說故事的方式來教導窮人讀聖經。今天，歐美國家許多教堂，還是喜歡以彩繪玻璃來裝飾門窗。從宣傳教義到純粹裝飾，彩繪玻璃的應用，也從教堂轉移到民間的建築。

彩繪玻璃窗就像流行服飾，總是隨著時代及建築風格而不斷更新花樣。芝加哥的彩繪玻璃窗，最能表現出芝加哥既世俗又宗教的歷史情懷，而這種情懷正是史密斯家族所喜歡的。史密斯家族從一九七〇年就開始蒐集彩繪玻璃窗，致力保存從一九六〇至一九九〇年代不再流行，被丟棄或遭受破壞，且幾近絕跡的作品。

芝加哥從一八七〇年代以來，即成為世界彩繪玻璃的中心。芝加哥的多元文化，固然有利於藝術的發展，但是另外一個主要的原因，卻是因為一場火災。芝加哥於一八七一年發生一場大火，這場大火，幾乎燒毀芝加哥所有建築。大火後的重建工程，為許多人帶來工作機會，也吸引許多著名的歐州建築師及彩繪玻璃窗的設計師前來淘金，他們將歐州的藝術風格及製造技術帶到芝加哥。當時的新建築，不論住宅、辦公室、商業大樓或教堂，安置在窗戶上的彩繪玻璃，或多或少都瀰漫著一股歐州風味。由於市場的需求，歐州最頂尖的彩繪玻璃設計師都移民到芝加哥，全盛時期，芝加哥有五十家彩繪玻璃窗工作室。

頂尖的設計師都在此，無疑的，芝加哥自然會帶動一股流行風。許多設計師及建築師開始別出心裁創出新花樣，來裝飾他們所承包設計的屋宇。彩繪玻璃由最初外來的歐洲風味，逐漸改變創新。於是，反對維多利亞式矯柔造作及過份裝飾的新藝術風格（Art Nouveau Style），以及崇尚自然的草原風格（Prairie Style）隨之而起。十九世紀末二十世紀初普遍流行於歐洲的新藝術風格，濫觴的源頭，正是芝加哥。而由萊特（Frank Lloyd Wright, 1867-1959）所創的草原風格，更是芝加哥的代表作。住在芝加哥的人，大概沒有人不熟悉萊特，他是近代四大建築名師之一，他也是彩繪玻璃的代表性人物。如今，芝加哥的藝術及建築，依然在世界各地獨領風騷。

這個博物館蒐集的彩繪玻璃窗，有半數以上的作品，原來都是安置在芝加哥的建築物上。彩繪玻璃的流行趨向，跟美國與歐洲的藝術及建築的風潮有極大的關聯，在展出的作品中，即可明顯的看出。館內展出的作品，依年代、風格依次排列，讓參觀者不僅了解藝術史的演變，也同時了解芝加哥的歷史。

館內所有展出，我最喜歡的，是第凡尼（Louis Comfort Tiffany, 1848-1933）的風景畫作品，他將複雜的玻璃切割技巧及顏色的運用發揮到極致，讓玻璃本身表現出質感與空間深度，讓人產生一種細膩華麗的視覺效果。

萊特的作品又是另外一種風格，他以彩色幾何圖形與透明玻璃結合，看似單調，卻頗有日式的禪淨味道，彷如未經雕琢，卻充滿了詩的凝煉之美，是一種非常獨特的藝術型式。

我喜歡在有陽光的日子，逛海軍碼頭的彩繪玻璃窗廊道，玻璃的色彩，隨著陽光的角度幻化無窮，讓人產生無限遐思。在不同的時刻，看同一扇窗，也會有不同的感受，亮麗的光，讓人心情愉悅，黯淡的色，也偶爾會勾起傷心往事。有時，我站在窗前閱讀聖經的故事，有時，我站在窗前，思索藝術家獨特的巧思。只需一個悠閒的午後，輕鬆地從廊道這頭散步到那頭，就可以領略從古典到現代的彩繪玻璃藝術之美，何樂而不為呢？

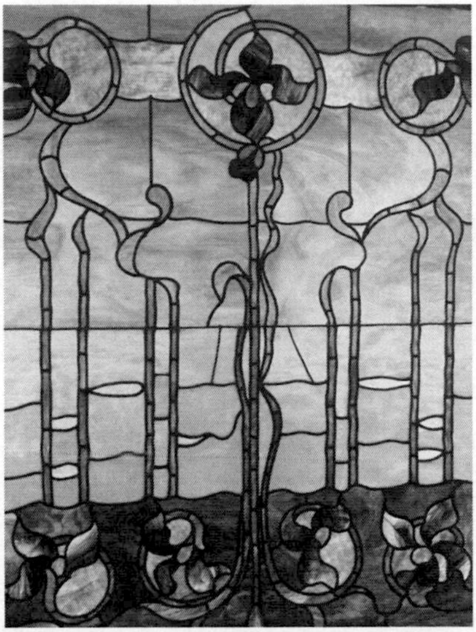

三朵鳶尾花是新藝術風格的作品。

慕夏（Alphonse Mucha, 1860-1939）的作品「四季」，也是新藝術風格。

梵谷的臥室

最近，朋友借我一本《梵谷傳》，原作者是Irving Stone，余光中翻譯，大地出版社於民國六十七年出版。展開書頁，我像著了迷似的，花了幾天的時間，一口氣看完。這本以小說形式寫成的傳紀，雖然精采，文字達六百多頁，卻仍有不足之處。太像小說，有些情節難免虛構，許多梵谷的畫，純用文字描述，難以令人一目了然。於是，我又到「芝加哥藝術博物館」逛一圈。

走進印象畫派的展覽室。一進門，喬治・秀拉那幅「大碗島上的星期日下午」（Sunday Afternoon on the Island of La Grande Jatte）佔住一面牆，迎面而立。這幅芝加哥藝術博物館的鎮館之寶，讓我頓時想起梵谷和高更在巴黎初識那一夜。那天夜半，高更帶著梵谷到秀拉家，秀拉正在畫這幅巨畫，他把畫筆垂直在手中，把顏料一點、一點、又一點的點在畫布上。

他們兩人的友誼就如同秀拉畫布中的點、點、點，既清晰又模糊，一筆一筆的堆積。

走進另一間展覽室，掛著梵谷和高更的作品。

這間展廳擺放的，大部份是兩人在梵谷的黃色小屋中畫的。

一八八八年二月，梵谷從巴黎搬到南部的阿羅（Arles）。五月，他寫信邀請高更到他的小屋同住。十月二十三日，高更來了，梵谷興奮異常。兩個多月的時間，他們一起繪畫，各自創作了二十多幅的作品。

梵谷、高更的畫風完全不同，對藝術的見解也相左。梵谷喜歡黃色，用料大膽、粗獷，強烈的色彩，漩渦似的線條，在畫中熱烈的展現他心靈的感受。高更謹慎、有條理，喜歡紅色，經常深思再下筆，他把理想及夢境融入畫中。他們白天工作，晚上互相品評作品，並試圖說服對方遵從自己的見解，兩人只要談起自己喜愛的畫家或繪畫，爭端就起，這樣的爭執經常是情緒化的。

從一開始，高更就後悔搬去與梵谷同住，兩人性格如此不同，如何能好好相處呢？十二月底，高更堅持要離去。梵谷害怕失去友誼，以及想到高更離去後，又要孤獨無依，情緒壓抑到極點，導致自殘，他割下左耳。高更被他朋友這種瘋狂的反應嚇到，迅速離去，他決定再也不要見到梵谷。他們有生之年，未曾再碰過面，但是仍有書信往來，仍然相互景仰對方的藝術成就，高更寄畫送給梵谷，梵谷要高更保存他特別為高更畫的向日葵。

這個廳中，最吸引我的一幅畫，是梵谷在黃色小屋中的臥室。

「臥室」這幅畫，有三個版本。第一個版本，是一八八八年畫的，現存於阿姆斯特丹梵谷博物館。另外兩個版本，畫於一八八九年，是臨摹第一張畫的習作，他當時已經住在聖瑞米療養院，芝加哥藝術博物館這張，是其中之一，另一張，收藏於巴黎奧賽美術館。梵谷住在療養院那段時間，無法創作時，他就臨摹，以舒緩情緒。

這張畫，透露出梵谷的私人世界。一張床，一個桌子，兩張椅子，牆上幾幅裝飾的畫，他的生活就是這麼簡單。受日本畫風影響，這張畫線條簡明，梵谷寫給他弟弟西奧的信中提及"simplification gives a grander style to things, here it is to be suggestive of rest or of sleep in general. In a word, looking at the picture ought to rest the brain, or rather the imagination"這是一個安靜休息的場所，住在裡邊，可以靜思，可以瞑想。畫中鮮明的赭黃，藍色的牆、綠色的窗框，這樣的組合，充滿和諧、溫馨，是他心中所期待的安全島、理想國。這與他現實生活中的煩亂無序其實是相抵觸的。

梵谷的理想，是要將他的黃色小屋，變成一間南部的畫室，一間藝術家永恆的畫室，他要在此終老一生，歡迎所有的畫家來此作畫。他甚至安排高更當他畫室的主任。高更是他的第一位客人，他為了歡迎高更到來，積極佈置黃色小屋。他自己生活簡單，卻幫高更買好的床及傢俱，他畫向日葵及這張畫，來佈置高更的房間。

高更離去，不久，梵谷即住進聖瑞米療養院，南部畫室的構想，終究沒有實現。

擺在「臥室」旁邊的一幅「梵谷自畫像」（一八八七年畫），也讓我沉思良久。如果看過梵谷的照片，你一定得承認他長得非常帥，是個美男子。他風度翩翩，氣質不凡。可惜梵谷留下的照片不多，書上常見的，大概只有兩張吧！他的自畫像，倒是留下不少，當他雇不起模特兒的時候，他就拼命畫自己。梵谷曾經說：「我要畫一個人像，就要使大家感覺到那個人的整個生命之流，感覺到他所見，所做，所遭受的一切。」是的，梵谷總是把自己畫得那麼蒼涼，像個老頭似的。他的自畫像，刻印著他內心的掙扎，失戀、病痛、孤獨，全寫在這張臉上。這不該是一張三十多歲的年輕人的臉呀！但生長在一個無人能接納他的年代，那種被壓抑的心是蒼老的。

畫家的痛苦在於不被人了解。終其一生，理解他的，只有他的弟弟西奧，而賞識他的，只有嘉舍大夫與奧里葉兩人。諷刺的是，梵谷家族在當年，是全歐最大的販畫世家，他的叔伯開的藝廊，涵蓋西歐各國，但梵谷在他們的眼中，只是一隻不成材的黑羊。他有生之年，只賣出一張畫，只看到一篇奧里葉寫的美評。

看完梵谷傳，再到藝術博物館走一回。看著展廳中擺放的，都是梵谷當年在巴黎的畫友。秀拉、高更、羅特列克、塞尚、畢沙羅，這群當年默默無名的畫家，怎麼會想到有一天，他們的作品，全被高掛在世界著名的博物館呢！

梵谷自畫像。

梵谷的臥室。

行經休息站

學生時代，經常與同學相約長途開車旅遊，美國、加拿大跑遍不少地方。年紀漸長，旅遊方式逐漸改變，近幾年，遠程都搭飛機。女兒要到華府史密松寧博物館實習及寫論文，我們決定開車送她去，除了幫她搬家，也回味一下開車旅遊的樂趣。

從芝加哥到華府，要十二個小時，時間說長不算長，距離說短也不算短，我們計劃一路玩過去，讓行程儘量舒緩從容。

高速公路上的休息站，是一個迷人的景點，有一股無形的魅力，令人渴望。那是一個長途開車的過客，暫時休憩的場所。我喜歡在休息站徘徊，伸展一下壓縮在車廂內的軀體。

美國每一州的休息站，規模大小不同，服務卻是大同小異。通常位於州界的休息站，提供的資訊最完整。除了有專人在櫃台回答詢問，也免費提供本州與鄰近各州的地圖及旅遊資料，以及附近餐廳與旅館的折價券。過了州界的第一個休息站，通常是我們必遊之處。我的書架上有許多地圖，大都來自休息站，雖是免費得來，我卻特別珍惜。它們不僅記錄我曾經路過的州，也儲存著我們當年的歡樂與友誼，帶給我許多難忘的回憶。

有些休息站設有野餐區，看到綠樹成蔭，碧草如茵的休息站，我們也經常停下野餐，讓清新涼風，吹走疲累，等休息足夠了，再上路。

路過休息站，偶爾也會有令人意想不到的驚喜。我們在印地安那州的一個休息站，捕捉到一個有趣的畫面。這個休息站的每一根樑柱頂端，都築滿麻雀巢。小鳥來回覓食，巢裡巢外，鑽進鑽出，吱吱喳喳，歌唱不停。朝氣蓬勃的雀鳥，帶來歡欣愉悅，讓我們忘卻開車的疲累。這景致，使我回想起五十七號公路。幾年前，女兒還在大學念書，我們每次到香檳校區看她，回程時，都會刻意在某個休息站停留。五十七號公路，除了田野，遠遠望去，一片荒蕪，但是那個休息站，黃昏時，總會有無數的加拿大野雁及野鳥，成群結隊飛過殷紅的霞光，降落在附近的沼澤。雁聲鳥影，將單調的高速公路，寫成一篇有韻律的田園詩，吸引我留連駐足。

走過許多不同的州，我最喜歡俄亥俄州付費公路上的休息站。既乾淨又舒適，空間大，人雖多，卻不顯得吵雜。除了各種不同消費的餐廳，牆上還詳細列出高速公路每一個出口處的旅館資料。哪些旅館可以帶寵物，哪些旅館有游泳池、健身房，哪些旅館提供免費早餐，一目了然。站上並有免費電話，可以直接打到旅館訂房。我們到達俄亥俄州時，已近傍晚，於是在休息站打了幾通電話，比價幾家後，決定在俄亥俄州住宿一夜。這樣訂到的旅館，不僅服務好，價錢也公道。

伊利諾州的休息站，很少附設餐廳，頂多就是自動販賣機一台，讓你餓了可以買包零食解解饞。俄亥俄州的休息站會讓人想念起台灣。台灣高速公路的休息站，本身就是一個美麗的觀光景點。地方小吃、高級咖啡館、生鮮超市、家用藝術品，幾乎你想要什麼，都在休息站可以買到。我常常告訴美國的朋友，如果你們有機會到台灣，一定要開車上高速公路，去看看台灣的休息站，那是世界上最有人情味的地方。

休息，是為了走更遠的路。旅遊，行經休息站，停下的時候，也許只是喝杯白開水，只是吃個小麵包，舒展一下筋骨，但在長途跋涉中，能有這麼一個溫馨的小地方，讓人緩和一下開車時的緊繃情緒，那種舒暢的感覺，只有旅行者能體會吧！

小鳥來回覓食，巢裡、巢外鑽進鑽出。

納許維爾的夜店

偶爾，會不經意的想起一個曾經去過的地方。不是刻意安排的行程，卻在無意中闖進，就像在田納西的納許維爾（Nashville），這個美國鄉村歌曲的發源地。

那一夜，在納許維爾的旅程已接近尾聲，已經離開住宿一個星期的大飯店，卻仍捨不得離開，看到一家小小的汽車旅館，就乾脆又進去投宿一夜。

小旅館旁邊有一家小酒館，反正閒著沒事，進去喝口飲料又何妨。走進去，想點一杯雞尾酒，沒想到，回答竟是本店只賣瓶裝酒，不分杯零售。既然如此，就來一瓶啤酒，總得給個酒杯吧！對不起，本店不提供酒杯。入境隨俗，既然大家都拿著瓶口對嘴喝，我也跟著豪放起來。

隨意找個座位喝著酒，突然一陣吉他調音聲，接著四、五個男孩走上舞台，開始哼唱起來。很美的旋律與合聲，但不是我熟悉的曲子。演唱後，一個男孩拿起麥克風，說這是他們前天才作的曲，今天來此試唱，希望台下的人會喜歡，如果有意見，也歡迎提出來討論。他們走下舞台後，一個女孩上來，自彈自唱一段，然後徵求台下的人上來與她合音，這也是她新寫的歌，曲調還在修改中，但是唱唱看，也許她在這邊能找到一些靈感把這首歌修正得更動人。一個中年婦人上台後，先朗誦一段歌詞，寫的是給兒子的祝福。兒子即將離家念大學，媽媽心情依依不捨，高興兒子即將單飛成長，卻又放不下心中的掛念。

一首接續一首，不同的作者，敘說不同的故事，有初墜情網的歡欣，有過往雲煙卻難以忘懷的情愛，有人世的悲歡，有歲月的惆悵，亦有對生命的關懷。看得出來，他們之間，有些彼此早已熟識，有些，對這個場地仍然陌生。大家輪流上台，發表新作品，談歌詞，談他們創作這首曲子的心情。

我猜測，納許維爾有許多這樣的小酒館。許多鄉村歌曲的作者與演唱者，來到這個城市發展，他們期待在小酒館唱過的歌，有一天能登上「Grand Old Opry House」的舞台，那兒的演唱，現場轉播到全國的電台，那兒有著名的節目主持人，有許多成名的歌星。美國有許多鄉村歌曲的明星，以「Grand Old Opry House」為家，他們經由這個音樂殿堂走向好萊塢，風靡到全世界。

坐在角落，靜靜的聽，我正跟著一群音樂家集聚一堂。鄉村歌曲的簡單旋律，讓聽者心裡沒有負擔。

那一夜，藉由酒精在體內發酵，我的心沉醉在歌聲中，陶醉在一個無憂無慮的世界，那是一個只渴求纏綿歌聲，不需睡眠的夜。

納許維爾街頭一角。

Grand Old Opry House 是美國鄉村歌曲的搖籃，許多明星經由這座音樂殿堂走向好萊塢，進而風靡全世界。

浮世印痕

讓笑容寫在孩子臉上

我到女兒的學校拿成績單，和女兒邊走邊聊，身旁走過幾個女孩，邊玩邊鬧，並開懷大笑。女兒對我說：「媽！看到沒？她們是快樂的一群，很令人羨慕呢！在我們學校，是不是ＩＢ的學生，看臉就知道。」

「怎麼說呢？」我有點訝異。

「如果是I B Program的學生，就不會有這樣的笑容，你看那些蹙著眉頭，神情緊張的學生，八成是念ＩＢ的。」

女兒的話像個巴掌，打在我的臉上。

四年前，女兒考入這所以I B Program著名的高中，我送她進來時，內心挺驕傲的，現在她竟然告訴我，她是不快樂的一群。

我突然想起前一陣子，好友來信告訴我，她的孩子今年要考高中了。現在她家中的課外書都鎖起來，怕孩子看了入迷，耽誤考試。她更怕孩子沒有足夠的時間念書，因此任何事都由媽媽代勞。她唯一的心願，是讓孩子擠進一所著名的高中。

女兒的話讓我想起朋友，也讓我連帶想到她這個可憐的孩子，在父母的期待中以及龐大的課業壓力下，他的臉上還會有笑容嗎？

我們是不是太過於在意孩子是否念名校，而忽略了他們心中的感受與壓力？能進名校固然好，進不了也不要責難，孩子已經盡了心力呀！依著自己的興趣與性向選擇學校，才是最重要的。

女兒初中畢業前夕，我參加學校的家長會，校長開場白的一段話，令我印象深刻。他說：「我每天站在操場，看見孩子臉上笑嘻嘻的，就覺得很欣慰。我看見這所學校的孩子，不光只會念書，也會玩。教育，除了要教會孩子念書、思考外，人際關係的培養也是很重要的一環。玩，能學習到與同學間相處的原則，是一門實用的人際關係課程。孩子寫在臉上的笑容，讓我看到教育的光輝。」

孩子的臉上應該要有笑容的，年輕的臉龐，若呈現不應有的風霜，露出苦澀的愁容，我們是不是應該探討，這種病態的根源在哪裡？

回頭看看身旁的女兒，我竟有些感傷，這幾年的高中生活，難道是一重又一重的負擔？念的是人人稱羨的學校，同學全是芝加哥市精挑細選的資優生，學業彼此競爭，課外活動也樣樣不落人後，但他們卻是全校最不快樂的一群。

我的手中握著女兒的成績單，心中百味雜陳。何時，「玩」這個字已在她的字典中消失？何時，她的臉上已經失去笑容？

如果她的高中生活可以重來，我要選擇讓她的笑容寫在臉上。

讓她單飛

女兒每天從學校傳e-mail回家，告訴我們她上課的情形以及課外的生活，她的來信總是簡短幾句，像是「物理教授講課精采，人也幽默，如果同學提前離席，他會說，別管他們，那些大概是某人的爸爸或媽媽」、「你們一定很難想像四百個人一起上課的情景，非常壯觀，教室有三個大螢幕，教授的聲音透過麥克風傳來，有聲歷聲的效果」、「數學課雖是小班制，同學都是一些不愛講話的男生，上課時，全班靜悄悄」、「大學城很少看到紅綠燈，但是車輛都會禮讓行人，很有人情味」，「我喜歡這裡的生活，傍晚在校園散步，涼風吹來很舒服」。我讀著這些簡短留言，內心充滿愉悅與安慰，我知道，女兒已經展開一段全新的生活，過得多采多姿。

女兒八歲時，跟著我們一起來美國，我永遠記得她背著一個大背包，手拉一箱行李的小模樣。一路上，她把那兩件行李照顧得好好的，乖巧得令人心疼。初來美國，由於語言的隔閡，她總是花上別人數倍的時間來學習。我送她到伊利諾大學的路上，她開玩笑的說：「媽媽，我小時候真的很聽老師的話，老師說上課不准講話，我就真的聽進心裡了，所以連老師問問題時，我都不敢回答」，她雖是玩笑的自我解嘲，卻也道出一段艱辛的學習路程。

她那一段適應美國生活的日子的確寂寞。一群孩子在公園嘻嘻哈哈遊樂，卻不讓她參與，因為她不會說英語。在學校，老師主觀意識中，也認為她什麼都不懂，很少給她發言的機會。幸好，她學習的意志堅定，總算渡過那段不愉快的時光。

印象最深刻的是有一回下大雪，我牽著她上學，風雪交加，舉步維艱，根本無法前進，我說：「別去了，我們回家吧！」她卻堅持要上學，央求我：「媽媽，我雖然聽不懂，但我還是要坐在教室聽。」那天送她到學校後，我單獨走回家，想到這個固執的小女孩，不知什麼時候才能聽得懂老師的話語，一時五味雜陳，竟忍不住淚水直流。

有一天放學後，她帶著同情的語氣告訴我：「數學老師最辛苦，有幾個小朋友已經教好幾遍了，仍然聽不懂，老師沒辦法，還得重覆的一教再教，老師實在好可憐。」孩子的天真，逗得我直想笑，那一刻，我也的確非常開心，她的學習已經漸漸進入佳境，至少，她知道老師在講什麼了。

從半句英文都不懂，到如今順利進入大學，女兒的確有一段不平凡的學習經歷。這些年來，我們所能做的，就是：陪她學習，給她鼓勵。鼓勵她多交朋友、上圖書館、參加社團活動、擔任社區義工。她彈琴的時候，我們在旁邊靜靜欣賞；她做功課的時候，我們陪著她看書；她遇到挫折的時候，給她言語的安慰；她發表意見的時候，我們當個忠實的聆聽者。

那天，幫女兒把東西搬進宿舍時，腦中抹不去的，是她成長過程的點點滴滴。她曾經孤單的立在公園看別人玩耍，也曾經光榮的站在白宮草坪演唱；她曾經受到師長的歧視，也曾經上台領到至高榮譽的總統教育獎，畫面在眼前變得模糊，我仍不願相信這個在院中堆雪人的小女孩即將獨立，再也不需要媽媽鬧鐘了。思緒憂喜交集，猛一回頭，正巧看見一個男孩向父母道別，頻頻擦著淚水，這個孩子，也許從未離開過家吧！看著這個男孩目送父母離去，我亦有一股難言的不捨。

我們離開學校時，女兒並沒有這樣離情依依，她是個堅強的女孩，從小到大都是如此。看她愉悅又自信的跟我們揮揮手，我也面帶微笑，放心的走了。此刻，是讓她單飛的時候了。

＊註：好友邱秀文在我們合著的書《成長不寂寞》的後記中，有一段話：「生孩子最痛，養孩子最累，教孩子最難。在海外，這最難還要加上面臨中西環境的不同和文化的差異。沒有人天生就會做父母，做父母和任何專業一樣，都需要學習。學習的來源，除了書本的理論，專家的指導，還來自和孩子的相處，日常生活的體驗。……在教育孩子的過程中，除了痛、累、難，也有許多美好的感受和記憶」。

我在〈納許維爾的夜店〉一文中，提及一位中年歌者，作一首歌，祝福即將上大學的兒子，歌曲中有母親看到孩子即將單飛的喜悅，亦有母親心中的掛念與不捨。

寫〈讓她單飛〉的時候，女兒才進入大學沒多久，她初體驗當新鮮人的樂趣，我開始體會空巢期的滋味，這篇寫的，正是我這個當媽媽的當年的心情。的確，在教育孩子的過程中，除了痛、累、難，也有許多美好的感受和記憶。

書架上的風景

女兒天生具有藝術細胞，她的書架就像一座美麗的櫥窗，架上的擺設，總是隨著心情或季節呈現不同的風貌。頑皮的時候，她把人體解剖模型、動物的骷髏骨頭，以及稻草巫婆擺在一起，抗議媽媽沒敲門就走進她的房間。架上呈現的幽默感，經常化解母女不必要的言語衝突。興高采烈時，她會將精心製作的陶藝作品、繪畫、摺紙、剪紙擺滿書架，期待與父母分享她學習的成果。她的書架，宛如一座親子溝通的橋樑。

老公做事一板一眼，看他的書架，就能了解他的為人。他的架上總是條理分明，電腦書籍、工程書籍、工具書、旅遊書、各類雜誌一字排開，整整齊齊，只差沒將每本書編上書目而已。我寫作，需要查資料，不需絞盡腦汁，不用翻箱倒櫃，問他一聲準沒錯，幾分鐘之內，他就會把我需要的東西影印出來。

比起他倆，我的書架更溫馨有情。我總會隨時空出兩大格，收留父女倆的舊書籍或過期雜誌。落難書籍在我的架上暫住一些時日，朋友來訪，看上眼的就挑走。其餘的書，我會選個吉日，通通送到住家附近的圖書館捐贈。

我的興趣廣泛，又喜歡根據書上的論點依樣畫葫蘆，盡信書的結果，讓我的書架顯得雜亂無章。插花、園藝、琴譜、畫冊、文藝、攝影、水管裝修、室內裝潢……部頭大小不一，個子長短不齊，群書並列在架上，彷如一群無紀律的大兵接受典閱。

架上最小的一本書，是琦君所著《母親的書》，全書只收七篇散文，為洪範出版的口袋書，書雖小，卻是我特別珍愛的一本。有一年，路過紐澤西，順道拜訪琦君阿姨，她知道我們全家要來，特地下廚做了糕點，李伯伯還準備好多喝茶的小點心。我們暢談一下午，又匆匆趕路。臨行前，琦君阿姨送我這本《母親的書》。她說出門在外，有一本小書放在口袋，偶爾拿出來翻一翻，可以解解悶。這本小書，讓我憶起那個熱情愉悅的午後。

我喜愛旅遊，地圖自然而然在我的書架日復一日擴張版圖。這些地圖，大都是高速公路的休息站供應的，雖是免費索取，我卻一張也捨不得丟。閱讀地圖，讓思緒重回舊地馳騁，也順道探索新的旅遊景點，按圖索驥，是我閒暇最大的樂趣。食譜，與地圖同樣受我青睞。我雖不擅長料理佳餚，卻獨鍾情於閱讀各類食譜。精美的圖片餐點，加上簡易的做法說明，觸動的，豈僅是味蕾而已，它更讓我有無限的憧憬，勾勒著也許某天我也能變成大廚的願景。

架上每一本書，都有一段源遠流長的故事。大峽谷的浩瀚，布萊思國家公園的壯觀，南極冰山的詭異，遠古生物演變成化石的奧妙，外太空的莫測高深，人世間的情愛與滄桑……大千世界，全都濃縮在書架上。

牆面四處林立的書架，讓小小的家有一股溫暖的氣息。一家三口，各有各的書架，書架上的風景，正反映出三人不同的個性。女兒是個心思細膩的唯美主義者；老公凡事認真，一絲不苟；而我，則是大而化之，得過且過。

模特兒

翻開女兒的畫簿，一幅幅全裸或半裸的身軀，在黑白的光影中浮現。有些橫躺，有些側坐，有些只是背影。有幾張是精細的工筆，也有幾張只是粗獷的線條，我仔細翻閱，竟有幾分感動。

女兒暑假到芝加哥藝術學院修「人體素描」的課。她喜歡畫畫，卻缺乏正規的訓練。當芝加哥藝術學院通知她錄取，她當然興奮異常，能到全美知名的美術學院接受薰陶，怎能不歡欣鼓舞呢？

女兒上課的第一天，就已經嚐到名校訓練學生的風格。回家後，躺在沙發上動彈不得，拿著厚厚一疊畫稿，攤開給我看，有氣無力的說：「這些都是今天畫的」。我算了一下，約有四十張左右。有兩、三張是素描，其餘的都是速寫。

有一張素描，教授給三個小時的時間。這三個小時，模特兒只能固定擺一個姿勢，就像一具活雕像，動彈不得。女兒告訴我，模特兒每二十分鐘休息一次。然而，同一個動作，要擺三個小時，若沒有經過專業訓練，誰有這個能耐呢？

速寫，訓練學生對輪廓的敏感度。女兒說，畫速寫的時候很緊張。如果模特兒在一分鐘之內，做出連續的動作，他們就要在一分鐘之內把這些連續動作畫出來。速寫時，如果教授給二十秒，模特兒在心中默念二十秒，即換另外一組動作，模特兒換動作的同時，學生也要趕快換一張畫紙，畫下新的動作。三十秒、一分鐘、兩分鐘、五分鐘、十分鐘、二十分鐘，模特兒隨著教授發號司令，變換肢體語言，而學生的手，也隨時跟著模特兒的胴體擺動，捕捉那瞬間的美感。

藝術學院的模特兒，像一個專業的組織，男女老少，環肥燕瘦都有。他們每天一大早，即到學校的模特兒辦公室集合，短暫開會後，各自走向不同的教室。不管是素描、雕塑、油畫、水彩，每一門課，都少不了他們的奉獻與參與。

有一天，女兒神秘兮兮的問我：「媽媽，你猜猜我們今天的模特兒幾歲？」我的概念中，模特兒多半都是年輕貌美，身材姣好者。女兒會故意這樣問，我也就裝蒜的回她：「該不會是個人老珠黃的歐巴桑吧！」女兒說：「她的背影看起來絕對比你還年輕，不過老實告訴你，她的芳齡八十二。」

中國人保守，如果有個年逾八十的老嫗，不好好待在家中頤養天年，卻跑到藝術學院當模特兒，恐怕會引來街頭巷尾的蜚短流長。但是美國人著重專業，覺得年紀上了八十，還能出外工作，自食其力，貢獻專長，他們相當引以為傲。

女兒攤開畫作，一個老婦側躺。不再飽滿的乳房微微下垂，臉上些許皺紋，散發一股飽經世故的傲氣，與一股歷經歲月的無奈與滄桑，性感極了。女兒說，上課的時候，教授體諒模特兒年紀較長，特地安排躺著的姿勢。模特兒個性開朗，休息時間和大家閒話家常。她懂畫，對學生的作品，卻不做任何品評。她的工作，只是擺好姿勢，讓學生從她的體態中，去畫人體的奧秘。

某日，我到藝術學院看畫，順便約女兒出來吃午餐。那天天氣燠熱，女兒見我來，興匆匆地拉著我，帶我到密西根大道看模特兒。她說，剛剛教授才帶著全班同學走上街頭，去欣賞力與美的結合。原來，是一群在街角表演打鼓的街頭藝人，因天氣太熱，把上衣全脫光。黑亮的肌膚，滲著汗水，有力的手臂敲擊大鼓，隆隆的鼓聲中，結實的胸肌與臂肌，一塊塊凸顯出來，充滿一股粗獷的蠻力。教授路過，見到他們表演，看到現成的模特兒就在眼前，馬上把全班同學帶出來。一群人汗流浹背，打著赤膊擊鼓；另一群人頂著太陽，在街頭作畫。密西根大道，永遠這樣熱鬧非凡。

女兒的教室，每天有不同的模特兒進進出出。她的畫簿，因此顯得豐富多元。有一頁，她只畫出一雙優美勻稱的大腿。有一頁，她畫一位壯碩的男士，正低頭沉思。畫簿中有美少女，也有肥嘟嘟的大男人；畫簿中有健美豐滿的雙峰，也有垂垂老去佈滿皺紋的肚皮。模特兒擺姿勢，畫者取其角度，什麼角度最美？什麼角度最令人感動？模特兒舉手投足之間，皆能牽引畫者的思緒，激發畫者的創作靈感。翻閱女兒的畫簿，我彷彿也能感受到，畫者與模特兒之間的心靈激盪，是一種無聲的語言。

模特兒，是一群不平凡的藝術工作者。他們當中，有工讀生，也有芭蕾名伶。有人為喜愛藝術而執著，終其一生投入這項工作，也有人為生活所需，賺足金錢就走。他們在藝術的領域謀生求存，也為藝術做了很大的貢獻與犧牲。如果沒有模特兒的肢體擺動，如何造就出許許多多傑出的藝術家呢？

分手後的感謝函

女兒和男朋友剛分手，日前，我們接到一張卡片，是男孩寄給我們的，卡片中附一張謝函，我簡單翻譯如下：「我想您們已經聽說我們分手了，我非常難過，事情會是這樣的結果，我很遺憾我們兩人之間有些事無法完全溝通。你們的女兒是個善良的女孩，和她相處的這段時間，我真誠的感受到內心的愉悅。

我要寫這封信謝謝你們這三年來對我的照顧，謝謝你們送給我的禮物，讓我嚐到許多有趣的食物，讓我學習不同的文化課程，以及難以形容的許許多多，你們敞開大門歡迎我，視我如家人，這是我最感欣慰的，我要特別謝謝您們。」

短短幾句，讓我熱淚盈眶。

女兒的男友是德裔美國人，他們同一年進伊利諾大學，大三的時候開始交往。他是資優生，三年把大學念完，拿到全額獎學金直升伊大電機電腦工程研究所。女兒大四時，他已經是研究生。女兒畢業後，到加州念研究所，也許兩地相隔，加上各忙各的功課，以及文化的差異，造成感情漸漸疏淡。

他在信中特別提到有趣的食物，不同的文化課程，這是他和女兒交往期間，對我來說也是一項有趣的挑戰。

美國人的飲食習慣和我們大不相同，他沒吃過的東西可多了，鴨肉、海蜇皮、火鍋，這些我們視為平常的食物，他都是來到我們家才第一次嚐到。我有許多拿手菜，卻不敢胡亂在他面前獻藝。美國人不吃內臟，我的涼拌腰花，吃過的人都說好，卻一直不敢做給他吃。有一次我問他，我煮個腰子好嗎？他勇敢的說要試試看。菜端上桌，他嚐一口後，問我可不可以先去打個電話，這通電話直接打回他在聖路易的家，他興奮的告訴父母：「我在芝加哥吃了你們都沒吃過的腰花。」他實在非常可愛，一個無意間的小動作，我卻看見他的孝心，他迫不及待要與爸媽分享他體驗的新奇與心中的喜悅。

他學習拿筷子，聽我說文解字，聽我說些中國人的年節習俗。我們邀請他參加華人的新年晚會，帶他參加華人的社團活動，這些對他來說，就是所謂的文化課程吧！

分手是人生中最難的一門課之一。有人分手後，反目成仇，有人分手後，心有不甘，故意造謠，傷害對方。在分手後還能懷著感謝的心，寫一封謝函，就是一種成熟、理智的表現。他的風度，讓我感動。

我回他一封信，送他一本我的書《大自然的探索》。我寫道：「很高興收到你的謝函，你們分手，我們也非常難過。我們一直視你如子，這是不會改變的，我們相信你將會找到一個比我女兒更適合你的女朋友，也希望你和我女兒友誼長存。路過芝加哥，別忘了打個電話來，我家大門永遠為你開敞。這本書中有許多美麗的照片，你會喜歡的。」

兩個孩子都是第一次談戀愛，也初次嘗到分手的滋味，人生路漫漫，但願他們能從分手的過程中領悟、成長。

女兒的部落格

常聽朋友提起，現在的年輕人，整天窩在房裡，守著一部電腦。我女兒也是電腦一族，有時從她房間走過，只看她兩眼凝視銀幕，呵呵大笑，有時她安安靜靜，我以為她在生悶氣呢！她卻說正與朋友聊天。當媽媽的我，有些時候真的並不了解自己的女兒，她忙功課，我怕吵她，總不敢跟她多說幾句話，有時想多了解一些她所學的東西，問多了，她嫌煩，某些專業的東西，她也懶得解釋。

女兒設了一個部落格，閒暇時候，我也經常點閱，讀她的部落格，多多少少讓我更深層了解一些她所學的東西，她看了那些書，她做了些什麼有趣的事。目前她在研究所研讀，主修Biomedical Visualization，這學期正在學做義肢，她把每次上課做耳朵義肢的過程都記錄下來，除了拍照，還詳加註解，看她那麼用心的記錄，我可以感覺到她很喜歡這門課。

女兒大學畢業後，先到加大Santa Cruz分校學了一年的科學繪圖，之後在舊金山California Academy of Sciences工作，這一年，她幫昆蟲學家Dr. Ross繪圖並整理資料，她住在教授山上別墅旁的小木屋，生活很悠閒。教授年紀已經九十三歲，還是生龍活虎，經常在科學雜誌、期刊發表論文，也繼續在寫書，這種精神，讓我們非常敬佩。他教導女兒的，不只

是科學繪圖的技巧與工作經驗，他傳遞的，其實是一種非常珍貴的人生哲學

春假期間，女兒到舊金山玩，特別去拜訪Dr. Ross，她把這趟金山之旅，寫成一篇小文，貼在她的部落格。文中，除了介紹教授的成就，還附上幾張生活照，有教授溫文儒雅的側寫，有她以前住過的小木屋及工作室，有教授珍藏昆蟲標本的實驗室，文短情長，看得出那是她在舊金山一整年生活的縮影，我看了非常感動，也推薦給親朋好友一起欣賞。

以前我也曾經擔心女兒整天與電腦為伍，真不知道她在做什麼，現在，我閱讀她的部落格，我發現她文筆不錯，組織能力也很好，她用功學習，也樂意將她所學所知與朋友分享，她介紹好書給同學，搜集有用的資訊給對醫學繪圖或科學繪圖有興趣的人。我把她的部落格，當成一座橋，透過這座橋，我發覺我更親近她也更了解她。

印象深刻的期末考

女兒邀請我去參加她的期末考口試。女兒考試帶媽媽去？沒講錯吧！的確，她的邀請，讓我嚇了一跳，也讓我眼界大開。

進入教室，她很大方的介紹我讓同學及教授認識，大家都親切的過來跟我握握手。之後，每個人有十五到二十分鐘的時間談自己的作品及接受提問。

教室內除了無數的電腦，還有一面像電影院一樣的大螢幕。

這門課是學做立體動畫，學生的作品從大螢幕放映出來，看的時候還要戴上眼鏡，就像我們去看立體電影一樣。

女兒的作品，將人體的結構由外往內一層一層進入，皮膚、骨骼、血管，血液的流動，跳出螢幕，在眼前一一呈現，那種立體的動感，棒極了，雖然只是幾分鐘的影片，我可以看出她的用心與創意。

看了她的作品後，我真以她為榮，她的作品，的確出類拔萃。

女兒唸的系，可說非常冷門，系名是「Biomedical Visualization」，是醫學院裏的一個系。有些朋友一聽到她念醫學院，將來卻不是要當醫生時，總會輕蔑的嘆一聲：「可惜！」

對於這種反應，起初，她心裡有點不舒服，但習慣了，也就習以為常，不會在意了。有時她會問我，同樣是做對醫學有意義的事情，為什麼有些人只認同醫生呢？

女兒學的，主要是醫學繪圖和人工義肢，人工義肢方面，她做眼睛、鼻子、耳朵等，以臉部的器官為主。她學了這門課，到醫院實習時，我才知道很多人都有臉部的缺陷，有些是燒傷，有些車禍受傷，有些是癌症病人，在不得已的情況下，必須割掉某些器官，很可憐，也很需要關懷與同情。義眼、義耳這些，能修整他們的容貌，幫助他們重新面對生活。

醫學繪圖方面，一般人比較不了解，總覺得現在攝影技巧已經那麼先進了，什麼東西用相機一拍，不就得了，幹嘛還需要畫圖？是的，很多人質疑她學這個東西有什麼用？將來能賺幾個錢呢？如果有人硬要以金錢的觀點，對學術品頭論足，通常我就不想再聊下去。而繪圖跟攝影畢竟是不同的東西，尤其是人體內部的器官、結構，血液、細胞等，不可能每一個部位都能用相機拍得到，這時就需要藉用繪圖的技巧，這也是為什麼醫學院還要特別設立一個系的原因，以培養這批繪圖人才。因為如果有一張精確的圖，當醫生要跟病人解釋病情時，或者當醫學院的學生，要研讀一篇報告時，就能一目了然。

現在的醫學繪圖，除了手工繪圖，也需大量靠電腦輔助，所以這門系的學生，除了要有基本的藝術修養，也要有很強的電腦操作能力。他們念大學時，很多人都同時拿到藝術和工程雙學位。

女兒期末考試這門立體動畫，就是一門電腦課。

我很榮幸有機會陪考，也很高興看到他們同學的作品，並有機會與她的師長及同學閒聊。兒女的成長，是每個當父母的喜悅。我更欣慰的是，女兒除了叫我一聲媽外，也願意與我分享她的所學，她的生活。

捕蠅草

女兒桌上養著一盆捕蠅草，這盆草是四個多月前，我們到威斯康辛遊玩時，買來送給她的。

捕蠅草立於案頭，在清晨陽光的斜睨下，飽含水氣，豐厚如脂的葉面，綻放出如玉般的翠綠，葉片末端的捕蠅陷阱，肥碩圓大，像一對對大貝殼。清風徐來，陷阱偶爾顫動一下，傾之，又神色自若，恢復原貌，凜然不可侵犯的樣子。

捕蠅草，在植物分類中，算是比較低等的，它應該長於陰暗潮濕的角落，偷偷捕食小昆蟲以維生。現在我家千金將它供養在一塵不染的臥房中，讓它高傲地曝曬在陽光下，餵它人們食用的自來水。可是不知怎麼一回事，數日後，只見那一身綠，不再如翠玉般鮮亮，且有日漸蕭殘的現象。女兒苦思良久，細心觀察，初步研判，認為病因是她的捕蠅草缺少肉食。可不是嘛！捕蠅草，顧名思義，是要吃點肉的，沒有幾隻蒼蠅讓它嚐嚐，怎能長得好？找到病因，問題就容易解決了。女兒一向害怕蒼蠅蚊蟲，為了她心愛的捕蠅草，這下可不管那麼多了，這位小姐不知從那弄來三兩隻蚊蠅，好不容易才連哄帶騙地，將這幾隻昆蟲客人，請入她的臥房中。總算捕蠅草還爭氣，沒多久就將這幾隻蚊蠅全部吞進它的陷阱中。當媽媽的我，可不是睜眼說瞎話，講的全是有憑有據。女兒在她的捕蠅草筆記中，有明確的記載，我且轉錄其中一段，以為憑藉：「我每天細心地照顧它，它幫我抓了兩隻大蚊子，一隻蜘蛛和一隻蒼蠅。」

吃進幾隻昆蟲進補後，這盆缺乏肉食的植物，營養果真有改善，又鮮明活跳起來。據我觀察，一隻蚊子，在捕蠅草腹中，要呆上三、四天，才能完全被消化。更有趣的是，這捕蠅草還挺挑食，光吃蚊子身體肥胖的部位，那細長無肉的腳，它可是一口都不去嚐。當它飽食幾天後，貝殼似的陷阱再度張開，蚊子的頭及軀體部份，全被吸得乾乾扁扁，那幾雙長腳，卻絲毫未受損，正像人們吃魚，將好吃的肉剔得精光，就剩那一堆魚骨頭。如果仔細推敲，這蚊子也是吸飽了我們身上的血，才會撐大那張肚皮。如今這肥大的肚皮，被捕蠅草全盤吸收，吃進胃裏，間接算來，這盆捕蠅草還真是個吸血鬼呢！

人有生老病死，植物當然也會有新陳代謝。一片捕蠅草通常吃過兩、三回小昆蟲後，就漸趨老化，逐漸變黃，繼而枯萎，這是正常的生命現象。當老葉凋零，嫩芽會相繼長出，這與我們人類繁衍子嗣代代相傳的道理，也是一模一樣。

有生命現象的東西，照顧起來，往往要特別費心思。如果是一塊頑石，堆放在牆角，三、五個月擦它一回，它仍舊光亮如昔。但是一盆植物，一天不澆它一回水，它馬上有氣無力，垂頭喪氣。若說養一條狗，一餐不餵牠吃東西，牠還會汪汪大叫，提醒主人牠餓了，可是植物不言不語。人總有忙過頭的時候，往往當我們記起來要去澆水時，它早已擺出一副喪氣面孔。雖然它沒有嘴巴，不會向你發怨言，但這種無語，反而會令人覺得不安。

既然這盆捕蠅草是女兒的，她自然有責任要照顧好它，女兒也確實費了很大的心思關懷這盆植物。可是好景不常，某日，這盆植物又出問題了，病得比上回更嚴重。老葉變得如焦炭一般黑，新長的嫩芽，也形容枯槁，別說植物該有的綠，在它身上全找不著，就連面黃肌瘦的「黃」都沒有。女兒當然心急啦！她這回比較理智，不再亂下診斷書——缺少肉食，亂開處方——餵它幾隻蚊子。女兒要我陪她上圖書館，找來所有有關捕蠅草的書籍，回家後，仔細精讀。研究了幾天，她告訴我：「媽媽，我大概找到捕蠅草生病的原因了。我們一直澆它自來水，但是自來水中的礦物質含量太高，捕蠅草沒辦法吸收，以後我改用蒸餾水澆它，可能會好一點。」當時我是這麼想，反正捕蠅草是妳的植物，妳愛澆什麼水就澆什麼水吧！我是一點都不介意的，如果澆死了，大不了我再花個五塊錢買一盆，因此我也就不那麼在意她的話。又過了好一陣，捕蠅草果然漸漸地恢復了生命力，老葉掉光後，新的嫩芽又相繼長出。

有一天，女兒正用吸管在餵她的捕蠅草喝蒸餾水，我靠過去看，女兒很興奮，她說：「我救活了我的捕蠅草，真的是不能用自來水澆它耶！妳看，現在改用蒸餾水澆，它越長越好。」接著她問我：「媽媽，我小時候會不會很挑食，像我的捕蠅草一樣？」我說：「妳比捕蠅草還挑食呢！妳小時候吃母奶，吃了十個月。等長牙齒該斷奶了，媽媽泡牛奶餵妳喝，可是妳一口都不嚐。我們一出門就找奶粉，把全台灣賣的奶粉品牌都試遍了，妳還是不肯喝。我們買了幾十罐各種不同牌子的嬰兒奶粉，結果是我和爸爸天天喝。妳不僅是不喝泡的牛奶，奶奶熬粥妳也不吃，把大家都急壞了。」女兒憂心地問：「那我怎麼辦？」看她這麼好奇，我告訴她：「正巧有一回爸爸喝福樂鮮奶，隨手拿根吸管滴幾滴到妳嘴裏，妳就喝了，以後妳就都喝福樂鮮奶，而且只喝冰的。」女兒想到她居然也那麼挑食，自己都覺得好笑，突然她想起什麼似的又問我：「我小時候是不是也像捕蠅草這樣常常生病呢？」我說：「妳身體還好，但有時也會生小病像感冒、發燒啦！」她忽然有點歉疚地說：「那妳一定很擔心囉！像我擔心我的捕蠅草一樣？」我很吃驚她說這樣的話。我這個獨生女兒，一向認為所有我們給她的一切，都是理所當然。偶爾她會撒嬌地向你說聲謝謝，但類似這樣，出自內心真誠體諒的話語，倒是不常有。女兒好像從養這盆捕蠅草中，體會到某種道理。也許吧！讓孩子養一盆他們喜愛的花草，說不定比對他們談些大道理還有用呢！

肉鬆麵包

電視節目正在介紹國宴大餐，記者帶領大家走訪圓山飯店的廚房。節目內容活潑生動，知性有趣，畫面上琳瑯滿目的餐點，更引人垂涎。其中一段訪談，令我印象深刻，飯店經理告訴記者：「國宴的菜單除了要展現我國的特色，也要顧慮國際禮儀及各國的風俗民情，因此，有些菜色是絕對不上國宴餐桌的，像豬肉和牛肉就是。回教國家不吃豬肉，你不能讓他們看到豬肉在餐桌而顯得尷尬。」幾句話，勾起我無限的悵惘，直到現在，我仍不能原諒自己的大意與疏忽。

許多年前，我在伊利諾理工學院選修英文課，班上同學來自世界各地。有幾個土耳其的學生，經常在一起，他們都是公費出國的工程師，畢業以後，都要回土耳其服務。

整個學期大家相處得非常愉快，我和他們也成了好朋友。期末考後，英文老師邀請我們當晚到她的宿舍聚餐，並且要每人準備一道拿手菜。

我的廚藝，在中國同學中早已出了名，這回要上國際餐桌，當然更馬虎不得。我當時剛學會做牛角麵包，就現學現賣吧！我小心翼翼的包上肉鬆，再將麵皮抹上蛋黃，從內餡到外皮，甚至烘烤的時間，我都花了心思仔細變花樣。當四十個精緻的小麵包完成時，我的喜悅可想而知。剛出爐的麵包暖烘烘，我即刻帶到老師家。

幾分鐘後，同學都到齊了，各式菜色擺滿桌，雖不能比美滿漢全席，卻彷如一個小小的聯合國餐宴。我那道黃橙橙的麵包，外表雖西化了但內餡包的是肉鬆，仍具有中國傳統的特色。中國同學品嚐後，感動得不得了，他們好久沒享受過這麼美味的肉鬆了。泰國同學吃了也讚不絕口。幾個土耳其同學湊過來，什麼話都沒說，拿起麵包猛啃，然後豎起大姆指，肯定我的傑作。

突然，甲同學問我，這裡面包的是什麼？我解釋了半天，他還是不明白什麼是肉鬆，就進一步追問，是什麼肉做的？我得意的告訴他：這麼特殊的東西當然是「豬肉」。沒想到他一聽到豬肉，馬上變了臉，非常憤怒，並且，再一次質問我，你不是開玩笑吧！我嚇了一跳，目瞪口呆，還來不及回答，另一位土耳其同學乙馬上過來打圓場，拉著我說，趕快跟他說是開玩笑的。我內心交戰著，該說謊嗎？乙急急搶著幫我回了：「她是開玩笑的！」甲很生氣的撂下一句：「她要害我」。老師家小小的客廳，愉悅的歡笑聲中，凝聚一股這麼突如其來的怒氣，讓我再也開心不起來。

我在角落坐下，內心久久無法平靜。乙靠過來安慰我：「你不要介意喔！我們國家有很多回教徒不吃豬肉的」，我說：「你不是也吃了嗎？你難道不介意？」他回答：「我平常不吃的，但偶爾不注意吃到，就當做沒那麼一回事，也不那麼在意。」

那一夜，甲都沒再跟我說一句話。後來在校園內碰到，他也不理我，整個學期的情誼，就在那幾秒鐘之內完全瓦解。肉鬆麵包，讓我們從熟悉的彼此，回復到學期初的陌生。偶爾，我想起他課堂上侃侃而談的模樣，想起他介紹土耳其風景時，曾展示許多風格獨特的攝影作品，但為什麼他從來沒有提到他是回教徒，還有，他不吃豬肉。

大約一年後某天，我在市場碰到乙，他帶著妻子、小孩一起買菜，見到我時，親切地和我揮揮手，我告訴他：我會永遠記得土耳其人不把豬肉列入菜單，但也許他是個例外，他仰頭大笑。這麼多年來，我仍記得他，也很感謝他在那麼尷尬的場合幫我打圓場。

經過那次餐會，現在不論宴客或偶爾參加朋友一家一菜的聚餐，我都特別謹慎，不再只顧炫耀自己的拿手菜，而不管來賓的口味。我會先探聽大家的喜好、宗教信仰，查明誰吃葷、誰吃素，有誰不愛海鮮，有誰不吃牛肉，才決定我的菜單。知己知彼，百戰百勝，庖廚事小，理亦如是。

蓓思

蓓思是我教過的學生中，年紀最大的。她常常拿著我班上小朋友的照片，看了又看，然後哈哈大笑的說：「嗨！這就是我的同班同學嗎？」

認識蓓思，是在一個中秋節的夜晚。幾個中國同學聚一起，原來只是藉著賞月，舒解思鄉情愁，但聽說同學中，有人邀請外國女孩，我們就更加刻意的準備賞月的應節食品。

我第一眼看見那一頭金色的秀髮，就覺得她有一股不凡的氣質，出眾的美。她帶來一鍋熱湯，用純正的英語，柔軟的訴說那鍋湯的由來。原來這種湯是瑞典人在特殊節慶才喝的，是傳統的瑞典食品，我這才知道，她是瑞典人。

中秋節過後一段時間，蓓思跟我學中文。她常苦惱，和我們這群中國人在一起，當我們用中文交談時，她就得尷尬地站一旁。我在中文學校教書，手邊有一些教材，很自然地，常把剩餘的講義留給她，她也習慣性的一星期來找我一次。

蓓思認真學習的態度，著實令人敬佩。每星期五晚上，即使狂風大雪，她也一定準時來上課。現在再用中文交談，一點也難不倒她。我們一起上中國市場，她會用中文向老闆說：「我要兩磅豬肉，一把空心菜。」老闆聽見外國女孩說中文，都會樂得多秤一些斤兩給她。

我們邀她上中國館子，她看我們直接用筷子挾菜，也一起隨俗。一道「芋頭鴨」把她給迷倒了，她簡直難以相信中國菜能做得那麼精緻。現在她改吃米食，上班都帶便當。當她迷上一碗牛筋麵時，她可以上市場，買三磅的牛筋，連續吃好幾餐。初嚐我做的海蜇皮，她讚不絕口，直說：「嗯！我喜歡，我瘋狂！」但是海蜇皮的音，她一直發不準，說成孩子皮。有一次，我們上課的內容，是習作一道海蜇皮，她認真的將材料及烹飪過程記下。下次聚餐，她應該會秀一道拿手菜「孩子皮」吧！

蓓思畢業於芝加哥大學地質科學系，從小有蒐集石頭的嗜好。我去看她的蒐集品，有許多不知名的礦石和各類的化石，包括三葉蟲、螃蟹、魚等化石，琳瑯滿目，簡直是間小博物館。問她哪來那麼多的石頭，她說有些是到各地撿來的，有些是交換來的。我告訴她中國也有許多漂亮的礦石，但是以玉最為知名。玉在古代中國代表著王侯貴族的身份地位，即使是現在，民間也有許多愛蒐集玉的人，台灣有個玉市場，專門買賣玉石。聽完我介紹中國玉石，她馬上到中國城圖書館借了好多有關玉器、漆器、陶瓷的書來研究。

外國人喜歡中國的東西，大都止於欣賞，諸如欣賞中國書畫，喜歡中國菜。蓓思對於中國文物，不僅止於欣賞，甚至可以說是迷戀，尤其對中國的玉石，更情有獨鍾。每當我提及故宮博物院的玉，她就恨不得能飛到台灣，走一趟故宮。

雖然是瑞典人，由於從小住在美國，英文倒變成蓓思的母語，可是她並沒有忘記瑞典文。我教她背「床前明月光，疑是地上霜，舉頭望明月，低頭思故鄉」時，她也用瑞典文朗誦一篇瑞典小詩與我共賞。她曾經教過德文，我常羨慕她會說那麼多種語言，她卻告訴我一段辛酸的往事。她父母擔心她忘記瑞典文，小學時，送她回瑞典，後來，又覺得德國教育辦得比較好，再送她到德國。在德國那段時光，最令她寂寞難耐。一個最需要父母愛的稚齡兒童，卻背負著離鄉背井的情懷，曾經為了買一瓶牛奶而煩惱，說了三、四種別人聽不懂的語言，仍想不清楚該用那一種才是正確的。兒時，語言的混淆與迷惑，常讓她不知所措。現在，她學中文，完全是出自對中國文化的喜愛，我問她學中文可仍然有些困擾？她回答：「不！越學越有趣。」

若問我教蓓思中文有何感想，我的回答是：「真好！越教越起勁。」我安排教材，雖然仍以華語課本為主體，我亦可以隨意安排任何課程來教她，讀詩、練書法、畫國畫、介紹故宮文物，甚至聊天，做一盤菜，只要是有關乎中國的，都嘗試著教。她糾正我英文發音，教我認識礦石，講些有趣的美國風土人情，我們在相互學習當中，成為知己。我開她玩笑：「我拿妳當實驗，設計我的教材，改進我的教學方法，妳是我實驗班的第一個學生。」

生活組曲

何謂擁有？

傍晚，到郊區探望朋友，行經一處森林保留區，暮色蒼茫中，見群鳥自參差錯落的枯枝間飛起，佈滿天空。此時，皎潔柔和的明月，帶著嬌羞的情意，正自天邊緩緩昇起，襯映著殘餘的霞光和那一大片森林，有一種壯闊哀戚之美。我不禁由衷讚賞：「嗯！太美了！」隨即又深嘆一口氣：「哎呀！可惜！」。女兒坐在車後座，被我突如其來的一聲讚美與一聲嘆息搞得莫名異常，遂問：「妳既然說它美，為何還要嘆一口氣？」我說：「車行疾疾，如此美景，不能拍照留影，實在可惜！」女兒隨即反駁：「媽媽！妳應該換個角度想想，如此難得一見的美景，竟然讓妳看到，就是一種幸福，有多少人能享受到這樣的美景呢？如果我們今晚不出門，妳還沒這個機會呢！為什麼一定要拍下照片才算擁有呢？凡事樂觀一點嘛！」

女兒隨意的幾句話，讓我沉思，什麼是真正的擁有？如眼前所見，存乎心中即算擁有嗎？亦或非要看得見，摸得著，具體掌握在手中才算數？的確，瞬間的視覺接觸，已經讓我心靈有滌然清新之感，何必一定要拍照存證呢？心靈的滿足，亦是一種擁有啊！只可惜，人們常忽視這種感覺。

失而復得

整理東西的時候，常常會有一些意外的驚喜。

一張朋友寄來的小卡片，好像已經在記憶中消失，翻箱倒櫃時，突然看到那娟秀且熟悉的筆跡，於是朋友的笑靨瞬時在腦海中呈現；一個小胸針，是二十歲生日時，父親送我的小禮物，有一天它消失了，再也記不起放在哪裡。大掃除，在某個抽屜的角落，意外發現它竟安然無恙地躺在那裡，小胸針頓時串連起消逝的時光，層層往事自心中泛起，我從鏡中的自己，照見父親當年那張青壯成熟又慈愛的臉。

東西失而復得，有一種難以言喻的欣喜。

寧靜心湖

朋友因車禍喪生，我去參加葬禮。

朋友沉睡的臉很安祥。他的臉好像告訴我，塵世的紛紛擾擾何其多，唯有在離開的時候，才是真正的安寧。

一張年輕的臉，如流星劃過夜空。

我輕輕環抱他年輕貌美的妻，手牽著他年幼的孩子，心沉重，卻說不出半句安慰的話。

逝者已矣，生者情何堪！

「許多事明天將臨到，許多事難以明瞭」唱詩班的歌聲在空中飄，我再也壓抑不住憂傷，任它淚流滿面。

我看不到他妻子的臉，她靜靜坐一旁，消瘦的背影，隱隱散發出剛毅果決的個性。她把憂傷與深情往內心深處藏，在年幼的孩子面前，她仍是快樂的母親。她不要孩子因父親的離去，而有異樣的感覺。她告訴孩子，爸爸已經到快樂的天堂。她側坐的背影，是一幅勇者與美麗結合的畫像，剛柔並濟，是溫柔的母親，也是堅強的女性。

逝者已矣，生者情何堪！

朋友沉睡的臉很安祥。他的臉好像告訴我，塵世的紛紛擾擾何其多，唯有在離開的時候，才是真正的安寧。

十個單字

多年前某天，我到中國城某家餐廳吃飯，鄰桌一位長者，七十來歲左右，他一邊點菜，一邊與侍者閒聊。侍者也許客套，半開玩笑的跟他說，英文不夠好，就只得在中餐館打工，這位長者不急不徐的說了一段話：「年輕人呀！趁著還年輕，好好學呀！既然來了美國，就把英文好好學呀！不求多，你一天只要背十個單字就好，日積月累，總會積少成多，將來找工作，一定會有幫助的。」

用過餐點，走出餐廳，我一直在想著這兩個人的對話。一天背十個單字就好，也許我可以試一試。我告訴自己，每天看一篇文章，找出十個單字來背。

從報紙上隨意截一段文字，找出十個單字其實很容易，頭幾天，我還滿有耐心的查字典，把同義字，相反詞也都一併看了，不求多，一天就背十個字。

持續一小段時間後，我發覺每天看一篇文章，其實滿有趣的，我的目的已經不再是背十個單字，我更喜歡的是看文章的內容，漸漸的，我養成看英文報的習慣，從短篇的專欄小文，到長篇的專題報導，從社會新聞，到社論，我可以感覺到我閱讀的速度越來越快。

事實上，我每天背十個單字的目的並沒有達成，但是閱讀的習慣卻無形中養成。多年後，我漸漸能體會當年那位長者談話的意涵。十個單字，其實只是一個起點，只是開啟一扇門，當你走進去，你才會發覺，門後，蘊藏著的無限資源，你得靠自己去摸索、探求。

攤開報紙慢慢讀

夜裡，放一段音樂，泡一杯清茶，攤開報紙慢慢讀，是一天中的至高享受。

文明科技，帶給社會快速便捷的潮流，當大眾習慣電腦螢幕上的影像聲光之後，報紙存在的價值，也開始受到人們質疑。我就有幾個精研高科技的好朋友，漸漸不再信任報紙的功能，他們的理論是電腦可以取代這一切。要什麼資料，從網際網路上抓更迅速，「一步可以登天，何必繞道十萬八千里？」他們很肯定的說。

有時候我也很贊成他們的理論，但是最近，我卻有一種新的觀念，那是我閱報時的體會。有些快樂，是不能用「速度」來取代的。當我用心思考的時候，需要一點時間來緩衝，當我仔細品味一篇美妙的文章時，也需要一點時間來反思。這種慢，讓我能細細咀嚼文字的香，與文字更親近，對事物的看法更深入。

以前我看報紙，總是先快速掃瞄一下大標題，接著看文章，很少注意版面的安排。最近，我發現自己閱報的習慣改了，拿到報紙，我會先看整個版面的安排。我仔細研究大篇的文章被安排放在哪兒？小篇的文章被擺什麼位置？一張報紙上可容納幾篇文章？文章與文章之間留有多少空間？圖與文之間如何搭配？甲報與乙報的編排方法又有什麼不同？

當我思考這些問題的時候，突然發覺，那是閱報的另一種樂趣。排版是我工作的一部份，因此我會比較注意這些問題。但是在忙碌的上班時間內，一切講求快速，並沒有空閒去思考。唯有獨自喝茶的夜裡，攤開報紙，我才能仔細分析，靜靜地想。

細細讀它，一頁報紙，除了豐富的文字內容，它還包涵許多智慧的組合與美感的訴求。它能瞬時填飽我饑渴的心靈，同時帶給我一份新鮮的腦力激盪，留給我一塊豐富的想像空間。

夜裡，鋼琴協奏曲的樂音在屋內流動，清茶的香氣瀰漫一室，手執一份報，攤開慢慢讀，人生夫復何求？

寵物情深

歌劇院巧遇導盲犬

幾天前，到芝加哥歌劇院觀賞「魔笛」的演出。莫札特明朗、平易近人的音樂固然討好，劇中演員的美聲唱法更令人傾心，但最讓我感動的，卻是在中場休息時，走進洗手間那一刻。一隻導盲犬，領著一位老太太走進洗手間，牠帶著她排在長長的隊伍等候，女士如廁後，牠又領她到洗手台洗過手，才慢慢走出洗手間，過程有如一首詩。我好奇的跟出去，想一窺牠如何引領她去尋找座位。牠帶她走到某個走道，一位白髮老先生迎過來，輕輕拍撫導盲犬的頭，擁抱一下這位女士，然後牽著她的手，緩緩往前走。

下半場開始演出，我閉上眼睛用心聽，也想體會一下老太太聽歌劇的心情。暫時忘卻舞台上的佈景、華美服飾、燈光效果，讓樂團奏出的旋律集中在腦海，讓歌者悠揚的樂音充滿心中，這種擁抱音樂的感覺，有一種忘我的境界，非常美。只是，這種境界維持不到十分鐘，我的心就開始驛動。想知道演員在舞台上如何移動他們的腳步，想看看下一幕新換上的佈景。畢竟，聲光色彩太誘人，我無法抵擋。不聽使喚的眼睛又睜開。

魔笛的演出，前後三個小時，除了美妙的旋律，全場沒有半點雜音。導盲犬默默地陪伴在老太太身旁，牠也能感受樂音的震憾嗎？牠也在看舞台上的演出吧！或者牠只是睡著了，倚偎著主人，當一隻盡忠職守的狗而已。

貓兒搬家

偶然看到一個電視節目，主持人回答觀眾的信件，解決觀眾的一些日常生活問題。有一個問題是這樣的：「我們要搬新家，該如何安撫我的兩隻寵貓，讓牠們不因環境的改變，而變得焦躁不安？」我一聽這個問題，簡直可笑極了，區區兩隻小貓，也值得這麼大驚小怪的寫信到電視台嗎？奇怪的是，主持人竟然鄭重其事的回答：「搬家時，要用寵物籠裝好，像載你的小孩一樣，將牠們放在安全的汽車後座，千萬不可以將牠們放在搬家貨車上，讓牠們有不安的感覺。等搬到新家後，將所有貓的玩具和貓放到一個房間內，讓貓漸漸習慣新家的環境。隔幾天，再開放另外一個房間，慢慢擴大牠的生活空間，一陣子後，貓兒就會適應一切了。」

美國人養寵物，真是到了無微不至的地步，搬個家，都要先修一門「貓兒心理學」。但是從某個角度來看，美國人做事的確比較能夠尊重對方的感受，即使對寵物也是這樣。中國人搬家，很少人會去想到貓狗是否能夠適應新環境，甚至也很少考慮到孩子對新環境的反應。

我有一個朋友，為了孩子的學區，屢次搬家。每次都只顧自己的意見，將孩子送到大人自認為滿意的學區，卻一點都不顧孩子屢次換新環境、新學校的感受。好幾次，我看著孩子苦苦哀求他母親：「拜託！不要讓我再轉學，我才認識幾個好朋友，我要和他們在一起。」當媽媽的，非但不理會，還對著孩子大聲吼：「你懂什麼？媽媽好不容易才為你找到一個好學區，要搬家，我還得花錢呢！」我在一旁看得目瞪口呆，真不知該說些什麼才好。望子成龍望女成鳳，該是每個父母的共有心情，但是有時候，我們也該顧慮一下孩子的感受，尊重孩子的意見。

貓兒搬家，其實只是一件微不足道的小事，但是也能夠讓我們從中體會到一點小道理。

洗衣

好友從電話那頭傳話過來，又訴又怨地：「唉呀！整天忙忙忙，忙這忙那的，堆了將近一星期的衣服還沒洗，今天非得放下所有的事，好好洗它一天不可」。我手中拿著話筒，眼睛卻盯著牆角堆放的髒衣服對它恨得很，我並不是不愛洗衣服，天寒地凍的，我只是不喜歡將它送到洗衣店罷了。

我們這些住在美國的女人，如果讓台灣的老太太碰到，準會罵死：「懶得不像話，哪有衣服堆了好幾天不洗的？」如果硬要為自己強辯，那只能說是入境隨俗了。

記得剛到美國時，我仍是依著住在台灣時的習慣，每天一大早送孩子上學後，就去洗衣服。當時住在學校宿舍，規定不准擁有自家的洗衣機，洗一趟衣服，非得到地下室的公共洗衣間去。又聽說地下室陰暗，最好不要一個人單獨留在洗衣間，於是來回在電梯之間上上下下跑，洗一趟衣服，浪費不少時間在電梯上。也許是搭電梯搭得太勤了，某天，竟然被一位來美多年資深的前輩發現我這樣泡電梯，居然是為了洗衣服。她始耳提面命教導我：「美國這個國家，沒有人這個樣子啦！天天洗衣服，不笑掉人家的大門牙才怪，妳要知道，洗衣機烘乾機又不是免費讓妳使用，當學生的哪有這等閒錢如此浪費？我教妳，三、五天洗它一回就行了，將深色與淺色的衣服分槽洗，洗過後找個大的烘乾機一塊烘，包妳一星期能省下不少錢，也不會浪費那麼多的時間在電梯上，拿洗衣服的時間去唸點英文才上算呢！」有了前輩的精心指點，我的領悟力也還差強人意，於是就漸漸地養成兩天洗一回，三天洗一回，甚至於一星期洗一回的習慣。

搬離學校宿舍後，租到一棟百年老屋，不附洗衣機，房東也明白地告訴我們，這房子的排水情況並不佳，妳們如果沒有洗衣機那最好，要洗衣服嘛！隔街有家洗衣店，就去那兒洗好了！房租是預付了，總不能說沒有洗衣機這房子就不住了，再說別人花大錢買古董，還不見得能買到真貨，我們有幸能以便宜的價錢住進真正的古董屋，何樂而不為呢？省下的房租拿來付洗衣費也足夠有餘，再怎麼精打細算還是上算呀！於是我開始了將衣服送洗衣店的生活。其實洗衣店用的投幣式洗衣機和學校的一模一樣，也是要自己操作。只是洗衣店畢竟是個店面，燈打得夠亮，冬天暖氣開得夠溫，夏天冷氣開得夠涼，當然每一槽的價錢也相對地加一倍。

每次進到洗衣店，我最喜歡坐在店裏的長椅上，聽那一整排機器咕嚕咕嚕轉動的聲音聽得發呆，但總覺得這些機器真是笨得可以，為了吃我四顆硬幣，就得苦命操勞。看來人類還真是聰明，僅花四個銅板，就能坐著看報喝茶讓機器為我們代勞。每思及此，有一種叫「傻瓜相機」的笨機器又會閃過我腦際，好像時代越先進，製作出來的東西就越精密且容易操作，久而久之人好像變得只需要一根食指懂得按鈕，天下就沒有做不成的事。這麼說來，最終變笨的恐怕不是機器而是人。其實傻瓜相機它會自動對焦，自動捲片，它聰明得很。人只是不願意承認對焦沒它準，捲片沒它快，硬給它冠上「傻瓜」之名罷了！洗衣機又何嘗不是呢？它會自動換水，自動脫水，還會辨別錢的真假，妳錯丟銅板，它根本不去轉動，它才聰明呢！

坐在長沙發上用一根食指洗衣服，老實說這種單調的動作，談不上任何情趣，有時還會讓我覺得恐慌，一股恐懼自己越來越沒用的壓力會油然而生。記得高中、大學時，家裏開自助餐廳，媽媽忙著做生意，我一有空，就幫忙洗全家衣服，雖然做的只是一件小事，但心裏總是希望能為媽媽分攤一點生活的重擔。當時家裏也有洗衣機，只是那時候還不流行所謂的全自動，家裏所用的洗衣機，還是最老式的雙槽型，放水、換水或脫水，樣樣全要靠雙手來幫忙操作。衣服洗好後，也沒有烘乾機這玩意兒，還得一件一件掛起來晾乾。每次洗過衣服，甩著一雙濕透的手，我甚至還會暗自得意，認為自己幫了洗衣機一個大忙，是我的雙手幫洗衣機把衣服洗完。每回媽媽從店裏回到家，看到衣服都已經晾乾而且摺好了，總會開心地讚美幾句，她常將「女兒畢竟比男孩來得貼心」的話語掛在口頭上。媽媽的口頭禪，常讓我覺得溫馨，讓我嚐到與媽媽分擔家事後的甜美心情，更重要的是，我內心有一種被尊重的喜悅，覺得自己是個有用的人。如今事隔多年，媽媽的讚美聲仍常縈繞我心，讓我受用不盡。

比起雙槽式洗衣機的年代，我幼兒時期的洗衣方式就有趣多了。那時別說家家戶戶都有自來水，果真有的話，一定也捨不得浪費水電，衣服都是提個大竹籃，到溪邊找塊石頭坐下就洗了。學齡前我一直是舅媽身旁的小跟班，跟舅媽到溪邊洗衣服的往事，是我難忘的回憶。蹲在溪畔洗衣，甭說濕透的雙手，連雙腳都會打濕哩！論洗衣的技巧，那就更得憑各人真本事，不僅要有足夠的腰勁，更要配上雙臂的力道，才能搓、搥自如，將衣服洗得又淨又白。當年所見的村姑娘們，各個身材健美苗條，應該是力行洗衣哲學的豐碩成果。如今在美國，常見到一些癡肥型的胖婦，臃腫地行走在馬路上，極度破壞馬路的觀瞻，我就很想怪罪都是全自動洗衣機惹的禍。小溪，在當時的鄉間，就是最合宜的社交場所，舅媽洗衣服時，常與溪邊的「浣友」閒話家常。大夥聊天時，舅媽會分一條手帕讓我洗，我踩在溪水上游，先用那條小手帕撈三兩隻魚蝦，然後再抹上厚厚的一層肥皂，學著舅媽用洗衣棒死敲硬打幾回後，才又泡到溪水中，非把溪水弄得混濁不堪，絕不罷休，等我那條手帕洗淨後，舅媽一大籃的衣服也洗好了。往事雲煙，歷歷如目，那條潺潺溪水，可能早已乾涸，至少已經沒有人再利用它來洗衣服了。

偶爾我也會帶女兒一起上洗衣店洗衣，就像當年舅媽拉個小跟班一樣。女兒並不明白洗衣服也會濘濕雙手，每當機器轉動後，我總是擔憂她閒著無聊，於是理所當然的，就會帶她到附近的商家或超市閒逛。有一天，我們母女竟出現一段極不合邏輯的對話。這邊當媽媽的我大聲吼叫：「女兒呀！陪媽媽洗衣服去囉！」，那邊她興奮地回答：「好呀！好呀！妳說我該帶多少錢才夠呢？」「洗衣服才幾個銅板，不需要妳帶錢啊！」「我不是說洗衣服的錢啦！洗衣店旁邊有家店，上回洗衣服的時候，我看上了那家店的一個芭比娃娃和兩盒彩色筆，我是要買那個啦！」搞了半天，由不得我要深嘆一口氣，原來女兒心目中的「洗衣服」與「逛街」是劃等號的兩個代名詞，我又能怎樣呢？也只能默默地接受時代在變的事實呀！

餵奶權之爭

在《世界日報》的寶島鄉情版，看到一張照片，照片說明是「楊恩典擔任高雄市推廣母乳哺育的代言人，日前在婦女館代言時，碰巧貞德餓了，由丈夫陳信義協助沒有雙手的楊恩典哺乳，留下最溫暖的畫面」。小貞德趴在媽媽的胸前，眼睛睜得大大的，滿足的吸吮著，可愛極了。

正巧，我前幾天在《芝加哥論壇報》也看到一張類似的照片，同樣餵母乳，吃奶的小寶寶可就沒有貞德那麼幸福了，寶寶躲在一條覆蓋著媽媽胸部的大毛毯底下，除了頭髮以外，整個頭都被毛毯蓋住了。這張照片，看了真令人為小嬰兒捏一把冷汗，這種吃法，萬一窒息怎麼辦？

在台灣，餵母乳的媽媽，帶著小嬰兒到公共場合，不管是搭火車，或者到超市、百貨公司閒逛，小嬰兒餓了，哭鬧著想吃奶時，母親大大方方的袒開胸部餵奶，沒有人會責怪她袒胸露乳有失儀節。

我女兒也是吃母乳，有一回在火車上，女兒哭鬧著，旁邊一位婦人，經驗老道地催著我：「這孩子餓了，妳還不趕快把乳頭翻出來！」二十多年前，陌生婦人這番出自內心坦蕩蕩的話語，讓我至今回味，仍覺溫馨。相對於台灣婦女心胸的解放，美國名記者兼主持人

Barbara Walters可就沒這份雅量了，有一回她在主持的節目「The View」中，坦言說出搭飛機時，如果坐在一個哺育者身旁，會讓她覺得不舒服。此言一出，惹來二百多個母乳哺育者到紐約ABC電視台總部抗爭。

美國雖然暢言平等，標榜文明，對於餵母乳的女性，可就非常苛責了。根據《論壇報》的報導，美國的舊法令中，還有一條明文規定，婦女如果在公共場所餵奶，不慎暴露出不該暴露的部位，警察還可以依妨礙風化來逮補。

一九八〇年代，美國婦女開始覺醒到在公共場所餵奶一點都不可恥，加上醫學研究都證明吃母乳有益嬰兒健康，經過母乳哺育的擁護者不斷爭取，直到一九八四年，紐約州才率先免除婦女在公共場合餵奶被視為犯罪行為的法令。一九九三年，佛羅里達成為第一個正式立法，保障婦女有在公共場合餵奶權利的州。目前，已經有三十四個州跟進，有些州除了保障婦女可以公開餵奶，哺育者還可以免除去當陪審團的義務。

即使有立法保障，不成文的約定俗成，仍讓許多婦女不敢大膽的在公共場所餵母乳，仍有許多婦女會被要求到隱密的地方餵奶，即使躲到人煙稀少的角落，也還要用一大塊布料遮遮掩掩，避人耳目，免得被譏傷風敗俗。百年來的積習，要在短時間內改變，恐怕不易。

美國人對於女性的胸部，看法極端，令人不解。你看，他們不僅能容忍在游泳池畔上空招搖的辣妹，還鼓掌奉承，但對於手抱嗷嗷待哺嬰兒的女人，就非得以高道德標準來衡量不可。

看來，美國女性要爭取在公共場所的餵乳權，還有一段長遠的路要走。

營造一個藥草花園

台中自然科學博物館眾多展覽廳中，我最喜歡「中國科學廳」，它展現了老祖先的創造力與智慧，讓我們明白古老中國在農業、醫藥、建築，及各種科技上的成就。

這個廳裡展示的中藥藥材林林總總，廳外，開闢的一片藥草花園，更吸引我，當仔細看了那些花草後，我驚異的發現，許多不起眼的植物，竟然也可以拿來藥用。

我到博物館的商店閒逛，看到一本書《藥用植物拾趣》，我稍微翻閱，馬上就買下。這本書由「國立自然科學博物館」出版，印刷精美，圖文並茂，作者洪心容，中國醫藥學院附設醫院中醫師，黃世勳，仁德醫護專校講師，這對夫婦共同為自然科學博物館簡訊撰寫「藥用植物系列」專欄多年。此書即是集結專欄的文章而成。

作者以簡潔的文字介紹每一種植物，然後說出它們在中藥上的用途，文簡意賅，加上精美照片的陪襯，讓我愛不釋手。許多植物，我經常看到，卻叫不出它的名稱，即便知道芳名，也不知道它能入藥。像檳榔、龍眼、荔枝、榕樹、楓香等樹，雖耳熟能詳，卻不知它們的藥用價值。看了短文敘述，再對照相片，隨即一目了然。喜歡觀察植物的我，有了這本書，彷彿多交了一個朋友，隨手翻閱，既賞心悅目，又可增進中藥常識。

例如：我們在台灣常見的煮飯花，原來它有一個美麗的名字叫「紫茉莉」，它的花香還有麻醉、驅蚊的效果。台灣民間習慣取其塊根入藥，稱「七娘媽花頭」，以生品切片，並與瘦肉、米酒頭加水共燉，內服對於胃潰瘍、胃出血具奇效。又如：蓮即為荷，全株各部位皆可入藥，其成熟種子稱「蓮子」，是四神湯的組成藥材之一，自蓮子取下的胚牙稱「蓮心」，可清心、止血，其根莖為「蓮藕」，能益血、開胃、治虛損，而花蕾稱「蓮花」可煮蓮花茶，能養顏美容，治跌損嘔血，花托為「蓮蓬」，藥材名為「蓮房」，有活血、止血、去濕之效。「五爪金龍」原來就是牽牛花，其葉常呈指狀五深裂，看似龍掌的五爪，又藤蔓盤纏如金龍，故得名，其根或莖葉有清熱、利濕、解毒之效。軟枝黃蟬雖然有毒，但它使用得宜，也可治病，有消炎，祛濕等效用，例子不勝枚舉。這些，都是我閱讀本書後，才懂得的，非常有趣。

這本書的目的，並不是要每個人都成為中藥專家，作者只是將他們所知道的藥用植物，介紹給大家。作者在序中題到「務求讀者在輕鬆愉快的情況下，很快的認識每棵藥用植物的名稱來由、歷史角色、生長形態、現代研究、藥用或實用價值等」。我閱讀以後，雖然一時記不來各種植物的藥效，至少，對於中藥藥材的來源，有了初步的認識。

本書共介紹一百多種藥用植物，看完這本書，我興起一個念頭：春神即將來臨，我應該也來營造一個藥草花園。我的庭院，本來就植有牡丹、曇花、百合、枸杞、茴香、桑樹，加上蔓地叢生的蒲公英、馬齒莧（豬母乳）、小飛揚（乳仔草）、車前草、火炭母草（台語發音：秤飯藤），我再種些雞冠花、千日紅、石竹、紫茉莉、鳳仙花、荷花、忍冬、桔梗、石榴、萊菔（白蘿蔔）、扁豆、茼蒿，讓這些花花草草共聚一堂，既可美化庭院，又有新鮮蔬菜可食，朋友來訪，還可以藉此炫耀一下中國草藥的神奇與功能，何樂而不為？喜愛花草的朋友們，何不也來共襄盛舉呢！

白色桑椹

傍晚，到蔡醫師家小坐閒聊，蔡醫師和老公正好有電腦的問題在書房討論，我一個人到後院陽台喝茶、看書。

蔡醫師家位於高爾夫球場旁，由後院望去，一片翠綠。遠處球友正在揮桿，近處一群野雁、幾對綠頭鴨悠游於池畔，柔和的霞光映照池面，徐徐晚風吹來，我啜飲著高山茶，沉迷於書中情境。

猛一抬頭，眼前一棵高大桑樹，幾隻雀鳥鳴叫其間。這棵桑樹，枝葉如蓋，但除了高大外，並不顯眼。

蔡醫師端來幾盤水果，西瓜、櫻桃、還有一小碟深紫色的桑椹。「怕你一個人無聊，吃吃水果吧！這桑椹是朋友摘來的，用鹽水洗一洗，美味可口，而且營養豐富，對身體很好」。蔡醫師隨手往前一指，「就在那邊，球場邊界，那裡也有一棵桑樹，結滿紫紅色的果實，我散步時，經常隨手摘它幾個。」

「你後院這棵桑樹也很美呀！也結了不少果實呢！」蔡醫師湊近一看，「是呀！果實倒也不少，可是都還沒紅呢！」

蔡醫師又進書房去了。我闔上書頁，走下陽台，靠到桑樹旁。湊近一看，才發現一顆顆果實，晶白如玉，懸在葉側，垂掛枝頭，在餘暉中，依然耀眼。我伸手一摘，這果實分明熟透了，只是不知道是酸是甜？淺嚐一口，訝異極了，甜如蜂蜜，帶點龍眼花香，這簡直是人間美味呀！

我迫不及待摘了幾顆，送到書房。「嚐嚐看！嚐嚐看！」蔡醫師吃了一顆，嚇了一跳，「哇！我從來不知道這棵桑樹的果實這麼香甜，而且是白的，我老在等它紅，就不見它變顏色。」

丟下手邊的電腦，蔡醫師到廚房拿了一個小盒子，「走！走！我們去摘桑椹」，蔡醫師說：「我在這邊住了二十幾年，只知道這棵桑樹，每到夏季，就是小動物最愛集聚的場所，我經常坐在陽台上，看各種不知名的小鳥枝頭跳躍、野鴨、野雁、松鼠、浣熊、小鹿，群集於樹下，我怎麼沒想到牠們這麼愛在這兒野宴，是因為這棵樹的果實特別好吃。而我，卻從來沒吃過呢！」

想一想，真有趣，印象中，總覺得桑椹成熟時，就應該是深紅或黑紫，青綠或淺白的一定酸，腦中既定的想法，壓抑了我們嘴巴去品嚐的意願，於是，一棵高大的桑樹，結實纍纍，日復一日，只有任他風吹雨打，犒賞小動物了。

蔡醫師說週末，他要約幾個好友，在後院烤肉，讓大家來摘桑椹，這回的仲夏桑樹宴，當然以人為主角了。

摘了滿滿一整盒，到廚房換個盒子，蔡醫師又帶我們到球場旁邊，去摘結滿紫紅色果實那一棵。

一盒白玉水晶，一盒紫黑寶石，帶著兩盒既香又甜的桑椹滿載而歸，心中充滿愉悅。我很高興幫蔡醫師解決一個他多年來的疑惑，「為什麼這棵桑樹的果實老是不紅呢？」原來，這棵桑樹的品種是白色的。當然，我更期待的，是週末的採桑宴。

種子

每年一到撒種季節，超市就擺滿各式各樣的種子，季節一過，隨即大拍賣。禁不住精美包裝的誘惑，我總是趁著拍賣時大撿便宜貨，買了一堆，想著留到明年春季再種吧！隔年，春神到來，我又怠慢了，種子越積越多，不算蒐集，只憑空為自己留下年年偷懶的證據。

我曾經嘗試種了一些菜，只是小種子太難養，往往種了一大把，能長大收成者，不過區區數棵，要炒一盤菜都不夠。去年大姊到美國玩，未進門就看見我庭院一片絢麗的黃花，起先她還很興奮，想這個妹妹何時也開始怡養性情，有閒蒔花弄草，待她走近，一看是茼蒿，簡直要發起脾氣了，忍不住大罵：「老天，茼蒿讓妳給種成這個樣子，妳到底吃過幾回呀？」我當然不服氣：「是誰規定種菜就一定要拿來祭進五臟廟？妳看我滿園飛舞的花姿，不也挺美的？」姊姊不高興的是，我既然種了菜又懶得收成，以致於讓它們自生自滅地花開滿庭院。

美國人最恨的，大概就是蒲公英的種子了，將它們歸納為破壞庭園的敗類植物，最怕它混水摸魚，夾雜在鋪滿油綠草地的高貴庭院。蒲公英卻一點都不自知，黃花開過漫天飛，隔年雪未融，除草劑都還來不及噴灑，它就大大方方地冒出來，除都除不盡，春風吹又生，氣炸美國人。蒲公英移植到中國，待遇就大不相同，曾經看過幾篇歌頌蒲公英的文章，令我印象深刻，賈凡女士有一段描寫蒲公英的文字：「飄浮不定，居無定所，蒲公英永遠不知道『家』在那兒。她從來不挑剔，不管走到那兒，都能淡然處之。她是天底下最快樂的流浪客。」用「她」來形容，可見蒲公英在賈凡女士的心目中，是一位生活多采多姿，浪漫神秘的自助旅行者了。好友王全民兄精專藥理，對於中藥藥性更是在行。有一回他談起蒲公英，頓時精神奕奕，神采飛揚。據王兄的說法，蒲公英是上好的中藥藥材，晒乾，熬湯汁，能驅火明目；若不當藥，洗淨葉片，切碎後用文火與肉類燉熬，堪稱美食一道，人間珍餚；如果懶得與灶神為伍，涼拌蒲公英，亦清爽可口。當時在座人士無一不全神貫注，仔細傾聽，紛紛向蒲公英料理高手王大嫂要食譜，探聽蒲公英治病秘方，蒲公英的身份一時尊貴起來。聽了全民兄一席話，女兒回家後即到處收集蒲公英種子，往院中大把大把地撒。今年我們家院子的黃花開得比去年更冶豔更妖窈，這回不是茼蒿了，而是蒲公英。

有些種子是樂於安逸平凡的，冬雪覆蓋，它們在地底沉睡，待雪融後，春風一招手，它們即快速地自泥中竄起，堅韌的生命力，令人驚嘆造物者的神奇！我家庭院中的鬱金香、風信子是這一類型的種子。它們永遠不用我操心，依循著自然的定律，該發芽時就發芽，花季一過，他們又成堆埋回土裏。

對於花草的喜愛，可說是出於天生的一種情愫，沒有特別的理由。總不能因嬌貴的種子難養而拒絕耕耘，讓家中的庭院，變得荒蕪一片吧！我雖然不善於經營庭院的氣氛，但是每年院中多少也有一些東西可收成，去年我種的蕃茄，結了數百顆果，我種的辣椒，讓辦公室喜歡辣味的同事大飽口福，這些成果讓自己很有成就感。我的絕竅是，到溫室買已經培養好的幼苗來種，這就是懶人的辦法，把養種子的責任推卸給有溫室的專業人士去煩惱。幼苗在自家的庭院長大結果，沒有人會無聊地去追根究底，問你這些花草是不是由種子種起。

閒逛超市

好久沒逛超市了，因為忙，問我忙些什麼？又說不出特別的理由。

有位朋友也是好久沒逛超市了。朋友冬天到山上滑雪，摔斷了腿，要動好幾次手術，每次見面，他都拄著拐杖吃力獨行。有一天，他很興奮地告訴我，好久沒逛超市了。他說自從摔斷了腿，就不再逛超市了，這種浪費時間的逛街，已經在他的生活中消除。「那你平常吃些什麼？」，聽了他的話，我不免擔憂起來。他哈哈大笑，「我吃得比以前更好、更健康」。他說：「我每天只要坐在電腦前，打開網路，就可以大方的點菜，想吃什麼，想用什麼，只要在鍵盤上敲幾下，超市店員就會自動將你訂購的貨色送上門來。而且選擇性更多，每樣蔬菜水果，除了俗名學名外，電腦螢幕上還會標出它的營養成份，含有多少卡路里、蛋白質、醣份等等，讓你不致於吃到不該吃的垃圾食品。」因為超級市場的資料上了電腦網路，提供客戶購物服務，朋友好久不再逛超市了。

剛到美國時，許多蔬果我都只知其味不知其洋名。多數超市皆假定每個人一定熟知所有的菜名，故對各類菜不單獨標價，將菜價一律寫在一個看板上。洋文只通九竅的我，上超市就好像買獎券一樣，不小心拿到很貴的項目，只好自認倒霉，偶爾拿到買一送一的贈品，又覺得人間處處充滿溫馨。

美國超市挺有意思，經常在架上擺放許多色彩精美的免費食譜，書籤型的，小冊型的，琳瑯滿目。吃了幾次買到貴貨的虧後，總想佔回一點小便宜，於是一進超市，免費食譜猛拿，起先只是想平衡一點吃悶虧的憤恨，日久生情竟然愛上了它。有了食譜，我即大膽嘗試烹調，於是在台灣沒見過的怪菜，如：仙人掌、朝鮮薊（Artichoke）、小紅莓、小藍莓等等，都一一上了我家餐桌。我與蔬果之間還因此有更親密的溝通，從這些小卡片，我了解茄子，不算蔬菜，而是漿果，是雙子葉植物中合瓣類的一科；蕃茄含有許多維他命，是義大利食品中不可或缺的調味料；青椒是沙拉吧上的美味佳餚；人們在十八世紀以前，還不懂得萵苣洗淨即食的美味；如果你心情沮喪，應該去吃點朝鮮薊。這些有趣的疏果傳奇，為我初到美國那段單調日子，點綴些許絢爛色彩。當然囉！利用食譜學英文、記單字，也是一項極有趣的遊戲。

經過一段時間的調養後，朋友的腿目前應已復原，不知道他現在買菜仍請電腦代勞，或者偶爾也會浪費一點時間逛超市。我覺得與其讓雙眼緊盯著螢光幕精打細算卡路里，倒不如實際採取行動，到超市閒逛兩小時，放鬆心情，活絡筋骨，讓視覺神經奔放，盡情掃瞄架上的花花綠綠。

超市，是現代社會中的不可或缺的商場，它的存在，不光是經濟利益上的價值，還提供人們一個假日休閒的場所。在一波又一波的忙碌生活中，我總懷念起剛到美國時，那段投擲大把時間，閒逛超市的悠閒。我承認，如果生活不負荷著壓力，我極愛逛超市，極愛這種浪費時間的逛。何妨找一個無拘無束的日子，大大方方推開超市大門，踏著輕鬆的步履猛逛、狂逛、閒逛。

海菜憶往

父親第一次來美，我帶他到芝加哥藝術博物館，看莫內畫展，父親在那幾幅海景前，駐足良久，留連忘返。人潮擁擠，我想催他快向前走，又覺得父親看到這麼喜歡的作品，以他曾經得過中風又買老人票的年紀，不用我攙扶能在博物館逛一整天，已經是難得了，為什麼要催他呢？對於海，父親有一份深情，也許是看到如此動人的畫，令他憶及當年住在海邊的種種，凸立於海面上的陡峭岩石，波濤洶湧後的風平浪靜，多多少少總會喚起他壯年時期的回憶吧！

對於海，我也有一份難以言喻的喜愛。父親的壯年，正是我的童年，當時父親服務於北部濱海公路旁的濂洞國校，喜愛大自然的父親，時常帶我們爬山或到海邊遊玩。我們被父親訓練得丟進海裡能潛能游，更有趣的是，我們也很懂得利用海裡的資源。游累了，父親拖我們上岸，教我們辨認海底的動植物，能吃的，我們就抓回家、採回家。魚兒游得快，蝦兒、螃蟹、章魚總是一溜煙就躲到石縫裡，要抓牠們都很難，唯有長在岩石上的海藻植物如紫菜、鹿角菜、小海帶等及貼在岩壁上的九孔，是我們常帶回家下飯的美食。母親做的紫菜湯特別道地，如今憶起那鮮美的滋味，仍不免垂涎三尺。

記得我們總是趁著母親將新鮮紫菜洗淨略為晾乾的同時，就到雞舍找幾只老母雞剛下的蛋，到鄰家菜園摘幾根蔥，讓母親當配料下在湯中。起鍋時，母親會將我們挖到的九孔，一起加入湯中，九孔為湯增加一股鮮味，爽嫩可口。母親的紫菜湯，最特別的，也就是那最後一招——燙九孔。現在餐廳賣的九孔都很貴，吃時加上許多作料，如果知道我們的吃法是如此奢侈與平淡無味，大概要氣炸餐廳老闆。我想紫菜湯人人會做，有現成的康寶濃湯作料就更簡便了，連菜都不用洗，只要將湯料煮開，加個超市買回來的蛋，全家就吃得樂呵呵了。鹿角菜是父親的最愛，含許多膠質，入口滑潤脆爽，清炒蒜苗，乃當年待客上品。小海帶加章魚涼拌，也是一道下飯好菜，這道菜越辛辣越夠味，再加點薑、蒜、醋、麻油就更可口。女兒一向愛吃薯條、漢堡這類美式食品，我做的這道菜，她也讚不絕口，寧可棄漢堡就米食。來美國後，偶爾我也煮紫菜湯，只是煮不來當年母親做給我們吃的味道，如今果真要母親再煮那同一道菜，少掉我們親自到海邊岩石採摘的紫菜與九孔，恐怕也是原味盡失。

在海邊長大的我，若說完全做不來一道像樣的海味，那就太愧對我那多采多姿的童年了。同樣是海菜，我自認為能夠做到色香味俱全，敢在訪客面前秀出獻醜的是「筍絲繪髮菜」。髮菜質細柔軟，咬在口中有一種油滑潤口的感覺，作這道菜有個訣竅，筍子一定要嫩，如果能買到冬筍則味更佳，其次要用香菇排骨熬高湯。髮菜洗淨，高湯熬好後，放在一旁備用，筍子、紅蘿蔔、金針菇、香菇、肉、豆腐、豬血皆切絲，調味料可隨各人口味，加入鹽、糖、香油、薑末、料酒、米醋等。煮時，先將油二大匙燒熱，所以材料一起下去炒，加入高湯煮約五分鐘後，入調味料及髮菜，再燜煮一分鐘，用太白粉勾芡後，撒上少許芫荽，即可上桌。

說起與髮菜的因緣，也還得追溯到那美妙的童年。濂洞海邊的岩石並不產髮菜，雖然我於暑假期間幾乎天天泡在海邊曬得像個小黑炭，在濂洞海濱，可從來沒看過髮菜這玩意兒。父親有一位學生，家住離濂洞一、二公里的呢咾，自幼得小兒痲痺，當時交通不便，每天來回走路上學，著實不便，父親要他住在我們家，我們待他如親弟弟。星期假日，他回呢咾，我們也跟著到他家玩，我才知道有髮菜這麼有趣的海中植物，起初我還認為它長得太像頭髮連採都不敢採呢！

濂洞與呢咾雖然都在北部濱海公路上，都屬岩岸地形，卻有不同的地形結構，濂洞海邊到處是高低不平的大岩石，呢咾放眼望去，卻是一片海蝕平台。我們喜歡在海蝕平台上玩，漲潮的時候，海水頂多淹到肚皮，潮退以後，平台上露出黑黑的一片，就是髮菜了。呢咾的婦女，乘著退潮時急急刮下它們，曬乾後，拿到濂洞的菜市場賣，能賣到不錯的價錢，呢咾人也賣紫菜及其他海產。

我們偶爾到海邊採紫菜，非常好玩，但以賣海菜維生的人，常年與海浪競爭生存空間，可非常辛苦。因為只有海浪常拍打到的岩石，海菜才會長得肥大又漂亮，他們必須冒著被猛浪吞噬的危險，大浪退下時，跳上岩石採幾分鐘，風浪來襲時，趕緊後退到安全的地區，即使冬天風高浪大，為了生活，他們仍得出門，承受風浪。我們常吃的海苔，都是加工後的精美食品，吃的時候，大概很少人會去體會採紫菜人的辛酸。

後來我們搬離濂洞，也聽說「台灣金屬礦業公司」在呢咾建「禮樂煉銅廠」，呢咾的居民都遷離了那個頗富人情味的漁村。如今恐怕許多人早已遺忘了那長滿髮菜的一片海蝕平台。難怪父親面對莫內的海景名畫，心緒翻騰不已，感喟的豈僅是年華老去，當年手攜兒女上山下海的精神與活力，已不復有，才是最大的傷感呢！

記憶裡的味道

農曆新年，同學傳來賀年信，並附上一張珍貴的照片。這張照片是去年底，小學同學在台北召開同學會時的合照。我很遺憾不能趕回去參加，但是收到這封別具意義的賀年信，讓我無限欣喜。

我努力讀著每一張既陌生又熟悉的面龐，想要一一叫出他們的姓名，終歸失敗。將近三十張面孔，竟然有三分之一叫不出來，如果在路上碰到，肯定會和他們擦肩而過。

這大概是我小學畢業三十幾年後，第一次召開的同學會吧！影像中，有人抿嘴沉默，看來睿智、穩重，有人隱隱淺笑，卻仍難掩幾經滄桑。

同學的信中提及，初見面時大家都覺得陌生，但是一聊起兒時的情景，記憶馬上飛揚，彷彿又回到從前一起讀書、玩耍的時光。

我邊讀著同學的信，邊讓自己的思緒倒轉。

一股鹹濕的海水味逐漸醞釀，潮聲拍岸的節奏越來越明朗。

父親調到濂洞國小任教時，我年紀尚幼。我們搬到山坡上一間木造小平房，父親教學生涯的轉換階段，也正是我多采多姿童年生活的開始。

濂洞，雖是一個小地方，但是大自然賦與它的美，加上濃郁的人情味，讓我深深難忘。

我經常坐在山腰的一塊大岩石上欣賞日出。看火球似的太陽，貼著海面緩緩昇起，染紅遲歸的漁船，照亮陡峻的基隆山。

我的鄰居，很多是隨政府遷台的軍人，退伍後，進入「台灣金屬礦業公司」上班，他們的工作是進坑採礦或在煉銅廠煉銅。這些叔叔、伯伯，不管上日班或上夜班，總是手提乙炔燈，頭戴安全貌，帽沿點著一盞小燈，腰間掛著一罐水壺，全副武裝的去上工。他們從身旁走過，會散出一股濃濃的石灰味，那是乙炔燈特有的味道。閒暇時候，他們吊嗓子，唱平劇，聽彈詞大鼓，收音機放得特大聲。

鄰居和樂相處，彼此有困難，都相互扶持。誰家有事，就將孩子送到另一家，管吃管住，從來沒聽說過要收褓母費的。我們這些孩子在那種環境下成長，好壞照單全收，卻也無形中融合了各家的優點，每個小孩都是標準的國、台語雙聲帶，根本沒有所謂的省籍情結。左鄰右舍，有幾個要好的同學，我們經常在一起，做功課、到海邊遊泳、到山上捉蜻蜓、看電影尾巴，情同手足。（註：台金公司有員工電影院，電影放映約二十分鐘後，就不再收門票，電影尾巴就是免費電影，是小孩子的最愛）

同學中，也有「台金公司」高級主管的子女，他們住在獨門獨院的日式大宅。這些同學的父母都受高等教育，在公司擁有工程師、廠長之類的職位。到這些同學的家中，要先按門鈴。有時會覺得在門外站了好久，傭人才出來開門，外院一道門，內院一道門，進了花園後，才會真正走到他們的家門。進門以後，室內寬敞，擺設別具韻味，也因為有傭人打掃，窗明几淨，一塵不染。到這些同學家中，我得小心翼翼，深怕打翻東西或拌倒什麼，會被他們的傭人罵「野孩子」。

除了獨門獨院的日式大宅，「台金公司」的員工宿舍，也都是日式的。黑瓦屋頂，塗上柏油的木板牆，一列一列沿著山坡建築。大部份的同學都住在這樣的宿舍中。到這些同學家裡作功課，我可以放心的把書攤在地板上念，也可以大聲朗誦幾句，心裡不會有任何壓力。

除了國營的「台灣金屬礦業工司」，濂洞還有一家私人的礦業公司「永久煤礦」。比起「台金公司」，「永久煤礦」的宿舍就顯得窄小又擁擠。有一年媽祖節，有位同學請我到他家吃拜拜。他住的地方，好幾家共用一間廚房，煮好的菜，各自端回自己的家。所謂的家，其實只是一間臥房而已，同學全家就擠在這個小房間內。餐桌放在床板上，我坐在床沿，同學的媽媽熱心的為我夾菜，整隻雞腿，大塊豬肉夾到我的碗裡，要我盡情的吃。當天，我是主客。那一餐，我吃得非常滿足，也有一點無言的苦楚。我的同學功課好，到學校上課時，一定穿戴得非常整潔，我從來不知道他是住在這樣一個人聲嘈雜的環境中。同學的媽媽穿梭在公共廚房忙進忙出的身影，使我難忘，小小房間瀰漫的菜香，最是人間美味。

除了這兩家礦業公司的員工子女，也有一些同學，家裡以討海為生，賣魚為業。雖然在貧困的漁、礦區成長，同學之間，卻非常珍惜彼此之間的情誼。當年我們沒有豐富的物質生活，但大家都知道努力向學。

兒時的記憶不復鮮明，猶記得煉銅廠開始興建時，有人謠傳「台金公司」的金礦要減產，改以煉銅為主，有人不以為然，認為多個煉銅廠，只會為地方帶來繁榮，增加居民的工作機會。大人議論紛紛時，我常坐在路旁聽，對一個孩子來說，煉金、煉銅，都是無關緊要的事。我比較感興趣的，是到海邊，站在「台金公司」廢水出水口，看一個老人，淘洗殘留的金沙。老人以前也是礦工，懂得如何淘洗，他的工具只有一個篩籮、一張地毯，聽說洗出來的殘金，也夠他維持每個月的生活。

煉銅廠蓋好，開始啟用後，濂洞地區的空氣品質，起了極大的變化。濃濃的黑煙罩滿山頭，走在路上，會有一種被髒空氣嗆到的感覺，甚至覺得呼吸受到某種程度的障礙。不明的氣味，讓家裡被迫關起門窗，居民紛紛遷走。半年後，原本翠綠的山坡，開始變黃，繼而變得像碳燒過一般。美麗的山水，變得不再適合人居住。就在煉銅廠啟用一段時日後，父親請調到台北的學校，一方面顧及孩子的學業，令人難以忍受的空氣品質也是原因之一吧！

搬離小村，極度不捨，我依戀的坐在山腰上的大石頭等日出。依舊是一輪火紅的圓球從海平面昇起，照向近海的漁船，再射向遠處的山頭，只是看到的，不再是如碧的山坡。

柔美的朝陽，穿不透濃濃的煙，映入眼簾的儘是山坡一片焦黃，那一刻，我完全體會了大人所說金礦要減產的事實。

民國七十六年，「台灣金屬礦業公司」正式宣佈結束營業。工廠停工，終止了山村曾經有過的輝煌。

小學畢業後，同學們陸續搬離濂洞，再度相聚，竟是將近四十年後。

看著照片中既熟悉又有點陌生的面龐，心中百感交集。大海的鹹濕潮騷，左鄰右舍的溫馨人情，礦區的石灰、硫化銅，公共廚房中的醬醋油鹽，雜陳在記憶深處的味道，不管酸、甜、苦、辣，都各有其獨特的滋味呀！

我愛老女人

前幾天，要出門，額前的一撮白髮任我怎麼梳也掩蓋不了，突然想起好友私下傳授的方法，於是拿起睫毛膏，往髮根刷幾下，果真暫時瞞過自己的雙眼，女兒在旁看了哈哈大笑，我說：「這是雪梅阿姨的秘方」，女兒笑得更大聲了：「媽媽，你們這些『老』女人呀！怎麼trick那麼多？」

女兒如此抬舉，稱我是老女人，我覺得滿驕傲的，至少她明點了兩項事實，我走過的歲月比她多，我人生的歷練比她豐富。我不覺得老有什麼不好，那是一種成熟的象徵。

有個朋友告訴我，近幾年來體力已經大不如從前，明明知道歲月不饒人，但是一聽到有人提起「老」這個字，她心中就有一股怒氣，好像別人存心要說她似的。

年過半百，真是人生的尷尬期，說老不老，要說還年輕嘛，恐怕也沒這個本錢。

朋友對於「老」這個字眼的反應，讓我想起我外婆，我外婆八十幾歲的時候，我還是覺得她很美，因為她的心境永遠年輕，我外婆是凡事都往好處想的人，所以這世界上沒什麼事情好讓她生氣。她能接受任何新的事物、概念，經常與我們談笑風生。老，一點都不對她造成威脅，慈愛散發在她的臉上，臉上的皺紋讓她顯得既成熟又優雅，讓我們每個人都好愛她。她樂觀的態度，也間接影響到我。很多朋友都說我脾氣好，我的好脾氣大概是遺傳自我媽媽，她又遺傳自我外婆。

老的定義，其實很籠統，就像我女兒認定我是老女人，但在我媽的眼中，我可是永遠長不大的女兒呢！當然，人的體力是無法與歲月抗爭的，但是歲月，卻能讓人顯得更有智慧，更具魅力。只要心情不老，何需擔憂臉上的皺紋，頭上的白髮呢！

如果有人說你老，不要生氣，換個角度思考，你應該感到自豪，因為你已經開始受人尊敬，你已經有足夠的經驗能與他人分享。

竹蒸籠

大概是去年吧！我們開了一個多小時的車，遠從頂好市場買回來的竹蒸籠，已經開始散落了。每回要蒸東西時，我總得小心翼翼地重新組合。外子說老舊的蒸籠換掉又何妨。我想遲早也是該換的，只是基於一般中國人念舊的心，卻仍捨不得丟掉它。也許是竹蒸籠蒸出來的東西有一股特別的香味，也許是學生的生活不易，讓我意識到必須更加刻苦與儉省。

記憶中，竹蒸籠總是香氣漫散在整個三合院的大廚房中。小時候，寄住在外婆家，逢年過節，我最喜歡繞著外婆膝旁，和她並坐在大灶前，為的是聞那股飄蕩在空氣中的竹香味。蒸籠是外公親手劈竹做的，外公做的不只是蒸籠，他還能做出各種竹製品，像採茶籃、竹椅子等。每次看外公劈一大堆竹子回來，我最興奮了，我喜歡聽竹子劈哩啪啦剝裂的聲音，也喜歡看那細細的竹條，一根一根地糾合在一起。外公做竹蒸籠時，總是先組一個圓，再用一片片的細竹穿插其間，構圖自然而有序。那時，我常蹲在擺著神明的大廳，陪伴外公，常看得入神，很想自己也來做一個。外公卻不許我動那些竹片，他說竹子會刮傷小孩的手。

孩童的時候，沒有超級市場，要什麼都可以買到現成的。我曾經刻意地量過時間，用現成的蛋糕粉做一個蛋糕，除了放在烤箱內的四十五分鐘外，和麵、打蛋只要五分鐘即可速成。當年外婆要蒸糕，得先磨米。鄉村的石磨，要用人力去推，我常看外婆和二嬸婆，合力推著石磨，將米加水一勺一勺地放進石磨中。等磨完米，還得將米漿綁在「椅條」上，用一大塊石頭壓著，慢慢壓乾水份，再用手去推揉。每次我都等不及，希望用葉子包好的糕，能趕快放進竹蒸籠去蒸熟，好嚐一口。奈何！我常得花一整天的時間去等。現在回想外婆蒸糕的情景，心中仍會泛起一陣撲鼻的竹葉香。

暑假回台灣，剛好大姊也從泰國回來，我們相約一起回慈湖看外婆。大姊嘴饞，一路嚷著好多年沒吃到外婆手做的紅龜糕了，一定要再嚐一嚐。當我們見到外婆滿面的皺紋加上那一整頭的白髮，我們知道再也不可能吃到外婆蒸的糕了。外婆隨小舅舅一家人搬離三合院的大宅，在大宅前方加蓋一棟洋式的建築。進門是一部嶄新的鋼琴和一套皮質的沙發。原來種稻米的農田，也已經租給別人開闢成花園。外公離開人世已經多年，那些他親手植的，圍在三合院周圍的竹子，亦不復見到。明亮的廚房，掛著好幾層鋁製的蒸籠。也許外公手製的那些竹蒸籠，仍擺在原來三合院的大廚房中吧？我想起外婆已沒有力氣再去用那笨重的竹蒸籠，想到這一別，不知何日能再見到將我一手帶大的老人家，不禁為之心酸。

當然，我現在用的小蒸籠是絕不能和外公手製的大蒸籠相比的，只用不到一年，竹片已經脫落，手工之不紮實，顯而易見。外公的大蒸籠能蒸各類食品，而我的小蒸籠，除了新近學會做的一道「粉蒸排骨」外，頂多也只能蒸個蛋罷了。

我烹飪的手藝是遠不及外婆的，我也沒有從她那邊學到烹飪的技巧。純正傳統的中國點心製作，到我們這一代已漸漸失傳，現代化的電器製品，顯然替代了傳統的爐灶，有誰願意再去用外公手製的那種笨重竹蒸籠呢！

大舅

自我有記憶以來，外曾爺爺已經長期癱瘓在病床上，當年日夜隨侍在側的，就是大舅。我不太喜歡從外曾爺爺的病床前走過，陰暗略帶潮濕的房間，有一股薰人的霉味，混合著苦藥與尿餿。當我飛快跑過外曾爺爺的房間時，總會無意瞥見大舅一口一口地餵著外曾爺爺吃稀飯喝湯藥。有時外曾爺爺咳嗽咳得厲害，我會放慢腳步，偷偷地瞄一眼，我看見大舅在他的肩膀上搓呀搓，揉呀揉。有陽光的好日子，大舅會背著外曾爺爺到三合院的中庭曬太陽。這一幕景象，一直映照在我腦海中，揮之不去，事隔三、四十年，影像仍是那麼清晰。當時的我，才是個三、四歲的幼童，寄住在外婆家，大舅和舅媽，就如同我的親父母。

後來我分析，為什麼照顧外曾爺爺這項工作，會落給大舅。他自己也體弱多病，是原因之一。因為體弱，沒辦法下田幹粗活，以一大戶農家的工作份量來說，煎藥熬湯，算是最輕鬆的工作了。也因為他自己曾經有過病痛，照顧外曾爺爺時就更無微不至，更能體諒老人家臥病的苦楚。但最重要的原因，該是出於他內心一片真誠的孝心。大舅另一項工作，就是照顧我。外曾爺爺過逝後，我成了大舅身旁的小跟班。直到我念中學，暑假回外婆家，叮嚀我做功課的，仍是大舅。

大舅的書架上，常滿滿地陳列著一排書，那些作者的名字，有芥川龍之介、三島由紀夫、夏目漱石等，大舅總是隨手拿著一本書。大舅常帶我去釣魚，釣魚是他另一項嗜好，即使釣魚時，他也目不轉睛地盯著書本，很少說話，我坐在他身旁，反而覺得單調無聊。大舅大概多少受到這些作者的影響吧！有時稿紙一攤，就自顧自地振筆疾書。我心裏常想，到底這些作者有什麼魅力，能讓一個人那麼沉迷。童稚的我，為了探究大舅心底的奧秘，會好奇的抽出幾本，似懂非懂地看著。

當年，我很難理解，何以大舅愛書成痴，如今，才漸漸能體會他與書結緣的過程中，歷經的苦難。前一陣子，大舅給我的信中，也提及他當年求學的過程：「我國小讀到四年級時，是大戰末期，每天跑警報，在家放牛，一直到光復，是小學五年級，停課約兩年。六年級開始中文課，以閩南語發音，老師都受日文教育，中文也正在惡補中，來到學校就現買現賣。我在家讀了增廣賢文等書，有點漢文基礎，作文比較好。上國中時，走十二公里的山路，寄宿在大溪親戚家，閒時幫忙挑米挑柴，註冊費由大姊賣柴供應。當時台灣剛光復，生活困苦，你外公推台車，收入有限，生活十分困難。我寄宿在外，生活費都有問題，伙食費沒交，在親戚家白吃白喝了三年。當時體弱多病，功課時好時壞，營養太差，精神不振。假日協助種田，養牛割草，過勞得了敗血症，差一點就無救。台北師範求學時為公費，但學校伙食很差，常吃不飽，又無零用錢，常從和平東路走到火車站，只為省公車票錢。師範三年級時，暑假工作過度，敗血症復發，只住院三天就回家，等命運安排，後來休學一年……」

我們很難去想像這樣的困境，歷經戰爭背景的時代是一件很殘酷的事實。究竟是怎樣一種毅力，讓大舅不斷地克服困難，去完成學業？要是沒有那一份愛書的癡，很難吧！

大舅畢業後，有感於農家子弟接受教育不便與師資的缺乏，毅然返回大溪，在附近的山村服務。這一待就是幾十年，幾十年來，讓他很欣慰的是造就不少傑出的農村子弟。但大舅並不以此為滿足，當農村的教育日漸普及，他又感於家鄉山地青少年的徬徨無助與雛妓問題的嚴重，幾度自願調入山地小學，深入山區，為貧苦的原住民盡一份心力。

記得有一回，我與朋友到復興鄉霞雲玩，當時大舅正在霞雲國小服務，我原想順路拜訪，正巧那天假日，大舅外出。附近的居民聽說我要找校長，即盛情招待，並帶我們到附近參觀，大舅深受當地居民的愛戴，亦可想而知了。我環視周圍，一切設備皆簡陋，全校不過六個班，與他原來服務的大溪國校真有天壤之別。許多人是恨不得往城市擠，而這個山地村，卻是大舅甘之如飴的地方。多年來，深植大舅心中的教育理念，只有「普及」兩個字，他認為即使是在窮鄉僻壤的山間，也要將教育的觸角延伸。

前幾天到中國城圖書館為女兒借中文書，翻開洪建全出版社出的一套書「三百六十個朋友」，看到大舅一篇文章被選在書中，介紹大溪豆腐干這一行業，不禁令我思念起大溪鎮，這塊我兒時曾經居住過的土地。在美國的圖書館看到大舅的文章，更有一份特殊的親切感。想到這些年大舅在兒童教育與兒童文學方面的耕耘，走的是一條多麼寂寞崎嶇的道路，他竟然一路走來，默默無聲。大舅的澹泊，讓我看出這個世界，並不是人人都汲汲追求於名利。

我腦中忽然浮現一道熟悉的幻影，一個年輕小夥子，背著釣魚用具，手拉個年幼的小女孩，走在蜿蜒的山間小道。兒時與大舅步行到阿姆坪釣魚的情景，彷彿昨日。

大溪憶往

最近重讀我的大舅廖明進先生所著《山中歲月》及《大溪風情》二書，兒時的記憶一一浮現，彷彿瞬間又回到大溪，這個我熟悉的地方。

《山中歲月》由「桃園縣立文化中心」出版，是桃園縣為當地作家出版的一系列作品之一。大舅二十歲開始寫作，這本書蒐集的，大都是他四十多歲以後在各報章雜誌發表的作品，描述的是他山居生活的片斷。這些片片斷斷，如種木耳、採茶、在家中自製茶、村人相互幫助割稻等，正是我腦中最珍貴的記憶。

大舅生長在日據時代，小學時，接受的是日本教育，台灣光復以後，有很長的一段時間，學校沒有開課，他一邊在家放牛，一邊自習漢文。光復後，回到學校念的第一本書，讀的是「人、一人」等課文，第二本書是「狗、大狗」等，以後才漸漸深入，一直到進入初中，都還不會說「國語」呢！

大舅對閱讀的求知欲，在〈光復那年的春節〉及〈沒有兒童讀物的家庭〉兩篇文章中，有詳盡的描述。我記得母親常常提起她小時候學習國語的趣事。當年，有許多老師是邊學邊教的，她常開玩笑的說你們唸「莫名其妙」，我們唸「莫名其沙」。大舅這兩篇文章，印證母親所言不假，玩笑背後，有許多令人心酸的往事，也有許多奮發向上的故事。雖然是初中才開始學國語，大舅的國語說來字正腔圓，沒有日本腔，沒有台灣調，即使環境非常艱辛，學習的欲望卻不曾退縮。

大舅喜愛閱讀的興趣，對我有很大的啟發。我年幼時，體弱多病，外公看了不忍，把我抱回鄉下調養。農忙時節，外婆忙不來，照顧我的責任，自然就落到大舅與舅媽身上。舅媽疼愛我，到任何地方都帶著我。我經常與舅媽回慈湖娘家，舅媽娘家的人都認定我是舅媽的孩子。直到上了小學，我才回到家中與父母同住，但是每年寒暑假，我一定要回大溪位於百吉的老家渡長假。

大舅喜歡釣魚，我經常跟他到石門水庫上游的阿姆坪釣魚。大舅不愛熱鬧，垂釣的地點，總喜歡找人煙稀少的地方。有時要經過一大片竹林，當他看到地上冒出的筍尖，會告訴我地下有好吃的嫩筍。沿途許多野花雜草，他都叫得出它們的學名，什麼花草有毒不可碰，那一種野草熬湯可治病，他都瞭若指掌，耳濡目染，我也因此認得好多種草藥材。垂釣的時候，他獨自捧著一本書，並叮嚀我不能吵鬧，以免驚嚇到魚，我只得安靜的坐在一旁。對一個孩子來說，這是何等無聊的事呀！

如今回想，無聊的釣魚經驗，卻教會我在沉靜中有所感悟。愉悅的時候，我懂得聆聽天籟中的水聲、鳥叫、蟲鳴；失意的時候，我也可以攤開一本書，靜坐星空下；閒暇時，我觀看大自然的瞬息萬變，即使風吹草動，都能挑起我的思緒，觸動我的暇思。

大舅擔任教職，除了剛從台北師專畢業時，派調到台北縣的十分國小外，四十多年來，他都留在家鄉服務。百吉國小、大溪國小、美華國小、霞雲國小、福安國小，這些學校都在大溪鎮附近。他一路由老師、主任到校長，謹守崗位，從不懈怠。

退休之前出一本書當紀念，是大舅多年來的心願。《大溪風情》是大舅的第十本書，在退休前夕出版此書，算是了卻他心中的願望。大舅寫此書，只是憑著一股熱愛鄉土的心，為自己土身土長的大溪，盡一份力而已。當然，他更希望後輩的我們，熱愛大溪，了解大溪。

大舅曾經花了許多年的時間，研讀大溪文獻。他不僅研讀文獻，也親自拜訪大溪當地耆老，印證相關史實。這本書不僅是他個人的研究成果，也為桃園縣保存了相當珍貴的故事與史實。

閱讀《大溪風情》，讓我對於這個老地方，有了新認知。我熟悉的大溪，是地理上的大溪，我知道怎麼搭車去，我知道那個景點好，我知道那一家的豆腐干最道地，那一家的麵攤最好吃。「大溪風情」引領我進入不同的領域，它從歷史的角度看大溪。它讓我了解，光緒年間，大溪航運全盛時期，經常有二百五十到三百艘的船隻往來於大漢溪。由於水路暢通，使大溪成為台灣北部地區，最先開發的城鎮。它讓我了解，大溪到復興這一段柏油路面，並不是向來平坦。在日據時代，它是一段運貨的台車輕便鐵道，台車上坡時，車伕要用腳蹬住鐵軌的枕木，一步一步的往上推，非常辛苦。

「大溪風情」的字字句句，都是對前人蓽路藍縷的艱辛體認，大溪的人、事、物，在大舅細膩嚴謹的文筆下，重現風華。

大舅送我這本書時，笑稱這是一本退休紀念冊，讓我留著當紀念。我細細讀它，竟忍不住熱淚盈眶，隨著文字縈繞腦中的，是一棟又一棟竹林圍繞的三合院，一山又一山的茶園與果園，一片又一片一望無際的稻田。還有，外公、外婆、舅舅、舅媽對我無微不至的照顧，對我深深的愛。兒時情景，隨著書頁，在眼前刻劃得如此清晰。大溪，這個我熟悉的老地方，也是我情深繫念的故鄉呀！

思念

聽到大舅媽離去的消息，我心靜如水，我為自己的冷靜而覺得不可思議，在該痛哭一場的時候，我竟沒掉一滴淚。我感覺她的離去，對她而言，是一種解脫，這種感覺，讓我內心非常平靜。

年初回台灣，我到台大醫院探視舅媽。我隨表妹走進病房時，一時竟認不出是舅媽。罩著呼吸器的面龐消瘦無比，與死神對抗的眼神茫然無力，這情景讓我心碎。人生最殘酷的事實，莫過於看到自己的親人在病魔摧殘下，形容枯槁，逐漸凋零。

舅媽雖不能言語，我相信她認得我的。回美國前一天，我再去一趟台大醫院，走出病房時，止不住的淚水潸然流下，童年的記憶，遂一一浮現。我心中明白，這是最後一次見她了。

在我上學之前，我一直住在外婆家。舅媽新婚，一嫁進門，就有了個現成的小娃兒需要照顧，她待我如親生女兒，即使回娘家，也都帶著我。聽母親說我小時候，非常黏舅媽，跟家人嘔氣的時候，就吵著要回舅媽家，還硬要不講理的說舅媽才是我的親媽媽。平常日子，我總是期待寒假、暑假趕快到來，每年寒暑假，我們幾個表兄弟姊妹都是在外婆家過的，這麼一大群孩子的生活，就全賴舅媽來照料。現在回想起來，舅媽的雅量與賢淑，真讓人佩服，難怪每個人都尊敬她，喜歡她。

外婆家一大片農地，山坡種茶和果樹，低地種稻米。大舅當校長，平常忙著學校的事，課餘寫作，閒暇釣魚，沒有時間管農地的事。舅媽可不然，她上山採茶摘水果，農忙時節，工人在田裡工作，舅媽在廚房忙進忙出，燒茶、煮點心，張羅工人及全家的伙食，還跟著大夥兒在曬穀場上翻稻穀，什麼粗活樣樣都做，完全沒有一點校長夫人的架子，大溪附近的鄉親們都喜歡她的平易近人。

經常跟在舅媽身旁團團轉，我也變成一個標準的小農家女。外公用竹子編一個小茶簍給我，我就跟著舅媽上山採茶。舅媽細心的教我辨認山上的植物，她要我熟記那些植物可以藥用，那些植物可以用來做糕點，那些植物有毒不可觸碰。她還教我如何摘取茶樹的嫩芽，才能做出上好的茶，在舅媽調教下，我的採茶功夫堪稱一流。

外公過世後，外婆家漸漸不再務農，舅舅和舅媽搬到慈湖，自組小家庭，才告別農家式的大家庭生活。每年寒暑假，我依然會到慈湖住上一陣子。不做農活，舅媽也沒閒著，她拿些手工回家做，幫人織毛衣或繡花，添補一點家用。舅舅能夠專心學校的事務，並專心著書，舅媽功不可沒。

前些日子，表妹傳來幾張舅媽告別式的照片，讓我思念之情油然而生。出殯當天，雖碰上颱風，告別式會場卻仍擠得滿滿的。親戚、朋友、舅舅的學生，大家都來向她致最後的敬意。我想，人的一生，只要待人誠懇，心胸坦坦蕩蕩，離去時，就不會有所謂的「遺憾」了。舅媽只是一個平凡的女性，在經過病痛後，走完她的人生，當她離去時，卻讓許多人深深懷念，她在天之靈，應該感到安慰才是，安息吧！親愛的舅媽。

養老

遠騰周作《深河》一書中，令我印象深刻的一段話，是他提到「在這個國家印度教徒年紀大了之後，把家讓給孩子，自己外出過流浪的生活，那樣的人叫沙陀。」

沙陀日日夜夜往恆河的方向而行，到達一個叫瓦拉納西的地方，在那邊等待死亡，期待在恆河邊火葬，讓自己的骨灰流放到恆河。他們相信恆河能潔淨人的心靈，死在恆河，能讓他們在來生轉世。

印度人的生活方式，思想行為受印度教的影響很深，不同的宗教信仰，讓我們很難理解印度老人外出流浪的心境，以及那種期待死在恆河的宗教情懷。

這次回台灣，與家人、朋友閒聊，無意間發現，台灣竟然也有不少老年人，像印度沙陀一樣出外流浪，只是少了宗教信仰的理由，這樣的流浪，其遭遇就頗令人同情。

也許是自己已年過半百，也許是長輩也都上了年紀，與朋友閒聊，話題就難免牽扯到老的問題。年紀大了，還能和家人住在一起，當然是最幸福的，但不一定每個人有這樣的條件。

目前台灣已有許多養生村，經營得有模有樣，但前提是，要有一大筆存款，才有能力住進去。

某天與我大舅聊天，他提到我三嬸婆晚年選擇出家住到寺廟。我三舅公為人豪爽，順著他老婆的意，賣了一棟房子的錢，全捐給廟了。聽說之前捐了不少錢，我三嬸婆過的日子還好，後來錢漸漸花光了，她就開始要做事，到底要做哪些活，也沒有人清楚，總是一些勞力事吧！

正巧，有個朋友也告訴我，他岳父過逝後，他岳母即以廟為家，老人家不想麻煩孩子，增加兒女的負擔，選擇住到寺廟養老，孩子們每星期去看她。她每天早晨四點多起床，開始念佛經，幫忙煮飯，一天的活動扣除用餐、睡眠，幾乎都是念佛經。她的室友，老公為退休校長，由於在學校發號司令慣了，退休後將家裡當成學校，對她頤指氣使，讓她無法忍受，於是她選擇住到寺廟，每天悠閒種蘭花，養盆栽，研習佛學。當然，住到寺廟養老，也是要付生活費的，基本上，每個月最少台幣三千元，當然，比起養生村動輒好幾萬，還是便宜許多。

在台灣，可以看得出來，老人的生活方式，漸趨多元化，「養兒防老」的陳腐觀念，已逐漸淡出人的腦海，越來越多上了年紀的人，喜歡依自己的意願，過自己的生活。聽說，選擇住到寺廟，每天念經修行的人，為數還不少。其實，人到晚年，仍能健健康康，心無旁鶩的隱居山中，也是前世修來的福呀！

我外公過世後，留下一片土地，我幾個舅舅，退休後相繼回到老家，他們希望我媽有一天也會回去。我回台灣，看到幾個舅舅現在都住在一起，比鄰而居，相互照顧，大舅平日吟詩寫作，三舅到社區大學練書法、習國畫，種種花草。人老了，回到老家，重溫手足親情，感覺非常溫馨，他們這種養老方式，倒讓我非常羨慕呢！

我想有一天，當我不能照顧自己的時候，如果經濟許可，我會選擇住到養老院。住養老院，除了有相近年紀的朋友，聊天比較有共同的話題外，還有專業的醫療設備及醫護人員照顧。

我相信，有宗教信仰的人，比較能夠坦然面對自己逐漸老去的事實，也比較能夠以開闊的胸襟選擇自己養老的地點吧！

與王藍先生圍爐夜敘

海外過新年，每一年都有不同的過法，今年，我過了一個比較特殊的除夕，與王藍先生圍爐夜敘。

目前旅居洛杉磯，以《藍與黑》一書揚名文壇的作家王藍，最近到芝加哥探望女兒。農曆除夕夜，他應芝城嶺南派名畫家陳海韶之邀，與夫人袁涓秋女士及女兒，在鴻園餐廳和芝城朋友相聚。我與陳海韶先生相識多年，陳先生為人豪爽，特別讚許王藍是個重情義的長者，他說王先生難得來一趟芝加哥，妳就過來敘敘吧！

篤信基督，年近八旬的王藍，神采熠熠，思路清晰，談笑風生，一如往昔。除夕夜，他特別帶來他最擅長的國劇人物水彩畫作，贈送給在座每一位朋友，並親自為大家簽名留念。

當介紹家人時，王藍笑稱，朋友加給他們家「一門五師」的封號倒很貼切。他愛作畫，大家尊稱他「藝術大師」，其他四師分別是：大兒子王春步——牧師，二兒子王春雷——精算師，三兒子王春宇——律師，當然最重要的一師就是太座了，她是王家總「廚師」。當日在坐的管望蘋女士，正是王春步當年政大的同班同學。聽到同學竟然當起牧師，倒是令管望

蘋感到非常意外，她說，畢業後，就沒再聯絡了，沒想到有機會與王藍餐敘，而得知老同學的近況，真是人生何處不相逢，有緣天涯亦咫尺。

談及他的代表作《藍與黑》，王藍難掩一份自負的喜悅，卻也流露幾許唏噓的情懷。這本長達四十二萬言的小說，被譽為四大抗戰小說之一。從民國二十六年抗戰到三十九年大陸淪陷，由天津、北平、重慶、上海到台灣，以孤兒張醒亞，孤女唐琪，千金大小姐鄭美莊，二女一男糾結情感的鋒火戀，見證大時代的著作，一再被改編成電影，搬上電視螢幕，在舞台劇場演出，並有各國譯本問世。不論海內外，此書不但暢銷且長銷達四十餘年。對於一位有抱負有理想的作家，能有這樣的成就與榮譽，人生夫復何求？

但在除夕夜，王藍卻講了一段語重心長的話語，他有點感慨地說：一個作家如果有一本書太暢銷，對於作者本身，卻也可能是一種致命傷，輝煌的成就難以再突破，也因此可能斷送作家寫作的前途，這也是身為作家該時時警惕之處。他以自己為例，他說《藍與黑》之後，他又寫了《期待》與《長夜》，《長夜》更是他個人非常喜愛的一本小說，但是在銷路上卻無法超越《藍與黑》。

聊到興趣，王藍說，他的最愛是戲曲。人生像舞台，台上歡歡樂樂唱一曲，一家子全是戲迷，閒來票戲，沒有任何壓力。唱戲外，第二嗜好是繪畫。他最愛將國劇人物融入畫中，張大千曾說：「海峽兩岸畫國劇人物，王藍最好」。懂戲，對國劇的傾心，拿起畫筆，生、旦、淨、末、丑任何角色，自然栩栩如生了。

雖然《藍與黑》讓他在文壇大放異彩，但文學在他的生活中排名第三。他說寫小說也算因緣際會，當過烽煙四起的戰地記者，經歷過時代的顛沛流離，因為有親身的經歷與體驗，故事自然在腦中醞釀而成了。他也提及《藍與黑》的情節雖然是虛構，但背景全是事實。來台後，在當年物質極缺乏的艱困時期，連書桌都買不起，幾百萬字的小說，包括《藍與黑》在內，都是在太太的縫衣機上埋頭一字一句寫出來的。

自從原出版《藍與黑》的「純文學」出版社結束後，這本著作近日已改由「九歌出版社」印行，王藍當日也帶來一本九歌出版的《藍與黑》與大家共賞，他同時還推介由「傳記文學出版社」出版的前輩作家唐紹華的新書《文壇往事見證》。當朋友問及有沒有打算寫回憶錄，他說還沒動筆，由於體力，近年已經少寫長篇了，但是短文還是寫的。

身為作家、藝術家，他的理想就是以文學、藝術促進人類感情交融、心靈共鳴、真誠的互助互愛。除夕圍爐，聆聽王藍娓娓敘往事，話家常。其長者之風範與誠摯之言語，宛如一道山之清泉自內心激起。

海外過新年，思鄉的情懷難免，雖聽不到鞭炮聲四處響起，雖不能與家人共同守歲，但朋友之間的相知相惜與相聚，就是最值得珍惜與回味的安慰了。

＊註：此文於一九九八年三月於《中央日報》發表，記的是當年的除夕夜。

築夢踏實——少棒國手陳智源的心路歷程

日前，「板橋新埔國小少棒隊」來美國參加「小馬聯盟世界少棒賽」，芝加哥僑學界特別設宴歡迎來自台灣的少棒小英雄。席間，出現一位神秘嘉賓：「加油！你們比我們當年帥多了！」短短幾句鼓勵的話語，讓這些小國手們興奮不已。

到底是誰這麼有魅力？原來是少棒國手陳智源。提起陳智源，許多人並不陌生，這個響亮的大名，曾經是媒體鎖定的焦點，是街頭巷尾談論的話題。

一九六九年八月二十四日，台灣金龍少棒獲得世界冠軍那一夜，全台灣深夜巷弄內歡聲雷動。當年，金龍隊以五比〇擊敗美西隊，成為我國第一支得到世界冠軍的少棒隊伍。投手陳智源、郭源治，捕手蔡松輝、蔡景峰，游擊手莊凱評以及陳弘丕、張瑞欽、陳玉佼、黃正一、余宏開、李俊杰、溫天壽、林建良、陳鴻欽，這些名字透過電視實況轉播，早已家喻戶曉，成為大家共同的記憶。

在餐會中見到陳智源，讓我心中頗有感觸。因為前一陣子我才看到一則新聞，報導台灣的運動員，在運動場中出盡風頭，一旦離開運動場後，落魄的居多。有些沒有一技之長，連工作都難找。國家對這些曾經為國爭光的國手們，並沒有特殊的禮遇，於是這些離開運動場後的國手只能自求多福。這篇文章，特別提到紅葉少棒的國手更淒涼，有些因失業不得意而抑鬱寡歡，有些因酗酒而得肝病，正值壯年的他們，卻已經多半不在人世。

這篇報導，看得令人憂傷，果真如此嗎？我相信這篇文章只是對某些運動員的片面報導，路是人走出來的，並不是每個運動員的境遇都悽慘。看到陳智源，使我想起他的故事，他的奮鬥歷程，或許能給喜愛運動的年輕朋友一點鼓舞。

小學五年級時，有一天陳智源和同學玩躲避球，正巧被棒球教練石榮堯老師看見了，石老師觀察了一會，發現他丟出去的球特別有力量，於是要他參加棒球隊。就這樣，他和棒球結了不解之緣，五年級開始打棒球，六年級就代表國家出國比賽了。

為了讓球技更穩，他花許多時間練球。每天至少要練三到四個小時，星期假日，更是全天都花在球場上。出國比賽前，要集訓，同學們在上課，他卻在練球，要為國爭光，就算練到手臂痠痛，他也只能強忍著。

金龍隊的十四名球員，於榮獲世界少棒冠軍後，全都保送進入華興中學。華興中學六年，最讓他回味，十四名球員的感情像親兄弟一般，上學、練球、遊戲，朝夕相處在一起，雖然有時候也會鬧點脾氣，意見不合，但是他們總是相互扶持，彼此鼓勵。

這期間，也有美國巴爾的摩的金鷹隊，要提供獎學金供他讀到大學畢業，條件是，一旦畢業後就要加入金鷹職棒隊。金鷹職棒的球探用盡好話要說服他，說他將來會是一顆閃亮的職棒明星，優渥的條件讓他心動。他的內心幾經掙扎，將來要一輩子待在球場上嗎？我還能做什麼？我的興趣在哪裡？他仔細思考後，並沒有接受。

高中二年級，一次意外的腳傷，讓他重新思索自己。從小，他就對自然科學有極高的興趣，他的心中有一個夢，將來想要當工程師。只是，每天花在球場上的時間，已經耽誤了課業，工程師這名詞，對一個活躍的體育健將來說，恐怕只是一個遙遠的夢。療傷其間，隊友在戶外練球，他卻只能捧著書本坐在教室，孤獨感侵蝕著他，想當工程師的意念又在腦中浮現。高二下學期，他做了人生最大的抉擇，他覺得自己的個性比較內向，不能一輩子靠打球過活，他決定參加大專聯考。

高二下學期才決定拼聯考，時間上是趕了一點。他知道自己已經輸在起跑點，但是不服輸的個性，又讓他堅強起來。高三那一年他努力用功，給自己極大的壓力。雖然練完球已經精疲力盡，他還是要讓頭腦保持清醒。他終於克服一切，考上逢甲大學機械工程系。

大學期間，他一直保持第一名的好成績，自我要求相當嚴格。他有了未來明確的方向，他知道他的角色已經漸漸遠離球場，他要當個工程師。一九八二年，他來到美國，在新墨西哥大學繼續機械工程的學業。

留學生涯，並不如一般人想像的風光。首先要面對的就是如何適應新環境以及克服語言障礙。再加上教學方式和台灣大不相同，一篇篇的研究報告要繳交，隨時要在課堂上做口頭報告。所有留學生要面對的問題，陳智源當然也不能例外。這段期間，他將運動員特有的堅毅耐磨個性，淋漓盡致的發揮到學業上。就這樣，夜半三更，別人回寢室休息時，他仍待在圖書館。同學們週末假日去渡假，他卻躲到實驗室。幾年下來，他相繼拿到碩士及博士的學位。碩士畢業時，他是全系唯一得到「榮譽優秀學生獎」的學生，博士班畢業時，他拿到的是一張漂亮的全A成績單。之後，他繼續留在新墨西哥大學擔任博士後研究以及助理教授的職務。

一九八八年，他在芝加哥找到一份工作。他的妻子張琰來自上海，也是學機械工程，是他在新墨西哥大學的學妹。她說陳智源最吸引她的地方是他敦厚穩重的個性，以及對事認真執著的態度。目前他們在同一家機械組件公司，擔任機械組件設計研發與電腦模擬的職務。兩人都是虔誠的基督徒，工作之餘，擔任教會的義工，參與許多教會的活動。

脫掉球衣，卸下國手的光環，陳智源靠著堅強的意志，一步一步走來，從少棒國手逐步蛻變成工程博士。離開球場，他的成就依然令人刮目相看。

驀然回首，當年金龍少棒的點點滴滴依舊難忘。偶爾，他想起余宏開不幸喪生車輪下，難掩心中的悲傷，有時，陳弘丕路過芝加哥來造訪，又令他欣喜若狂。雖然時空相隔，金龍小將彼此已經少有聯絡，但他的心中，總是惦記著他們。

金龍少棒奪魁三十五年後，陳智源親自來到餐會現場，為新埔國小的小將加油，鼓勵小將們要有理想，讓德、智、體、群各科均衡發展。他說下定決心很重要，一旦有了目標，努力去追求，夢想總會實現。他用行動表達他仍熱愛體育的情懷。雖然在人生的道路上，陳智源轉換跑道，離開球場，但金龍少棒寫下的光輝歷史，永遠鐫印在他的心崁。

陳智源到日本參加遠東區少棒賽，在球場練球。

陳智源與他榮獲的獎杯與獎牌。

＊註：本文寫於二〇〇四年，於《世界日報》發表，照片由陳智源提供。

1969年，金龍少棒拿到冠軍回國後，蔣總統及夫人在陽明山中山樓召見
前排左起：
郭源治、陳弘丕、溫天壽、蔡松輝、陳鴻欽、黃正一、余宏開、李俊杰。
第二排左起：
陳智源、莊凱評、張瑞欽、紀政、蔡景峰、陳玉佼、林建良。
後排：
吳敏添教練、陳慶星管理、謝國城領隊、簡永昌副領隊。

後記——敲鍵盤的手

我的手指，柔軟、有力。

年輕的時候，我喜歡彈琴，幾乎到了癡迷的地步。為了音樂，我總是把指甲剪得短短的，練琴的時候，才不會因指甲干擾，而亂了我用指尖觸動鍵盤，讓旋律流瀉的感覺。

學生時代，我教小朋友彈鋼琴，賺取零用錢，也賺自己學琴的費用。

開始找工作時，我每天翻閱報紙廣告版。有一天，看到山葉鋼琴公司招考員工。未經歷練的我，不懂得找工作需要做準備，我空手走進山葉公司。

坐在鋼琴前，我連彈兩首曲子，老闆走過來，說，你來上班吧！

也許是看我走進公司時，臉上洋溢的那份自信與天真；也許是當時飄盪在空氣中的琴音，正巧觸動他的心。總而言之，那是我得到的第一份正式工作。

在山葉公司上班的日子是快樂的。輪班看店的時候，我隨意挑一部喜歡的琴，坐下就彈。音樂班的小朋友來上課的時候，我跟家長閒聊，推銷家中擁有一部鋼琴的好處。有時，我跟著老闆帶客戶到倉庫選琴，有時，我跟著調音師到客戶家調音。我希望能學會調音，但終究沒有學會這項技能。

來美國以後，我的生活與音樂漸行漸遠。學生宿舍沒有鋼琴，偶爾想彈琴，就只能溜到學校大禮堂，趁著沒人的時候，偷偷打開琴蓋，隨意讓手動一動，過過乾隱。伴讀的日子，老公修ＰＨＤ，我跟著修一門ＰＨＴ（Push Husband Through）。ＰＨＴ的夥伴中，總有人特別會動腦筋，想盡各種花樣來消遣日子。於是有人介紹我幫報社打字，以字計酬。

打別人的文章，我也開始嘗試寫自己的故事。一雙彈琴的手，轉換角色，變成敲打電腦鍵盤的手。

我從來沒有想過，我的打字速度，竟然讓我因此得到一份好工作。

「海工會美中辦公室」剛好有一個職缺，需要一個會中文打字的人，應徵的時候，夾著一份報社老闆姜傳華先生強而有力的推薦函，我錄取了。

在海工會那段時間，我接觸許多僑社名人，參加許多僑社活動，也學著舉辦各項活動。我左手編政治刊物，右手繼續文學創作。我的文章，不斷在海內外報章雜誌刊出，也得了幾個文學獎。我由零星的投稿，到主編邀請寫專欄。那段時間，是我創作的興奮期，工作之餘，總有無限的話題，讓我的手，在電腦鍵盤上，不斷的敲敲打打。

海工會的辦公室搬到郊區後，我因交通問題，換到「美中新聞」工作。

到美中新聞主編副刊，我對自己充滿無限期許。雖然我知道報社給的稿費不高，我還是努力要讓這塊園地充滿生氣。我不吝於寫信到各地邀稿，琦君、隱地等文壇前輩，我的教授鄭明娳、顏崑陽，他們不僅寄來稿件，還經常寫信予以鼓勵。蘇國書、楊雅惠、吳玲瑤、劉荒田、林少雯、江兒、趙映雪，這些朋友，每個人都不計稿酬，任我選用他們的文章。除了外地的邀稿，美中新聞原本就有一群陣容堅強的作家，楊大姐、邱秀文、廖中和、井律、非馬、谷文瑞、謝天貽、張系國等等，雖是一塊小小的花園，大家都那麼用心經營。當谷文瑞的專欄集結成冊，由圓神出版社出版時，我特別高興，他將新書《思考帽和行動鞋》交到我手中時，我翻看他題的字：「美玲，你的鼓勵是我的執著，希望在你的生活裡，一切都漸漸變成更美麗」，看著寥寥數語，我心中的感動自是難以言喻。許許多多的文章，都曾經經過我的雙手，一個字一個字敲進鍵盤裡，一個字一個字呈現在報刊中。

卸下編輯職務，我依然忙忙碌碌。我旅行，走訪未曾走過的路，我攝影，為行經的足跡留下記錄，我整理文稿，挖掘被自己深深埋入土裡的舊檔。

幾十篇文章，就這樣一篇一篇重現眼前。《飛鴻傳真》出書前夕，我要特別感謝好友邱秀文費心為我題序，也謝謝「國語日報」湯芝萱主編的邀稿，我更要感謝「秀威資訊科技公司」鼎力支持以及林世玲經理和執行編輯黃姣潔的精心策劃，讓本書得以付梓。

驀然回首，前塵往事，迴盪心胸。歲月，留不住，但是心情，卻可以不衰老。

這雙敲打鍵盤的手，如今依然靈活，年輕的時候，它敲出輕輕的旋律，敲出悠揚的樂聲，如今，它敲出一段段文字，敲出一句句心聲。輕輕撫觸，它不特別溫柔，卻也不顯得粗糙，它只是隨著歲月的軌跡，循序漸進，飾演著每個階段該扮演的角色。

國家圖書館出版品預行編目

飛鴻傳真——楊美玲散文集 / 楊美玲著. -- 一版.
--臺北市 : 秀威資訊科技, 2010.06
面； 公分. --(語言文學類; PG0381)
BOD版
ISBN 978-986-221-491-6(平裝)

855 99009003

語言文學類 PG0381

飛鴻傳真
——楊美玲散文集

作　　者 / 楊美玲
攝　　影 / 楊美玲　趙環嵐
發 行 人 / 宋政坤
執行編輯 / 黃姣潔
圖文排版 / 郭雅雯
封面設計 / 陳佩蓉
數位轉譯 / 徐真玉　沈裕閔
圖書銷售 / 林怡君
法律顧問 / 毛國樑　律師
出版印製 / 秀威資訊科技股份有限公司
台北市內湖區瑞光路583巷25號1樓
電話：02-2657-9211　傳真：02-2657-9106
E-mail：service@showwe.com.tw
經 銷 商 / 紅螞蟻圖書有限公司
台北市內湖區舊宗路二段121巷28、32號4樓
電話：02-2795-3656　傳真：02-2795-4100
http://www.e-redant.com

2010 年 6 月　BOD 一版
定價：280 元

讀　者　回　函　卡

感謝您購買本書，為提升服務品質，煩請填寫以下問卷，收到您的寶貴意見後，我們會仔細收藏記錄並回贈紀念品，謝謝！

1.您購買的書名：＿＿＿＿＿＿＿＿＿＿＿＿＿＿

2.您從何得知本書的消息？

☐網路書店　☐部落格　☐資料庫搜尋　☐書訊　☐電子報　☐書店

☐平面媒體　☐ 朋友推薦　☐網站推薦 ☐其他＿＿＿＿＿

3.您對本書的評價：(請填代號　1.非常滿意 2.滿意 3.尚可 4.再改進)

封面設計＿＿　版面編排＿＿　內容＿＿　文/譯筆＿＿　價格＿＿

4.讀完書後您覺得：

☐很有收獲　☐有收獲　☐收獲不多　☐沒收獲

5.您會推薦本書給朋友嗎？

☐會　☐不會，為什麼？＿＿＿＿＿＿＿＿＿＿＿＿＿＿＿＿

6.其他寶貴的意見：＿＿＿＿＿＿＿＿＿＿＿＿＿＿＿＿＿＿

＿＿＿＿＿＿＿＿＿＿＿＿＿＿＿＿＿＿＿＿＿＿＿＿＿＿

＿＿＿＿＿＿＿＿＿＿＿＿＿＿＿＿＿＿＿＿＿＿＿＿＿＿

＿＿＿＿＿＿＿＿＿＿＿＿＿＿＿＿＿＿＿＿＿＿＿＿＿＿

讀者基本資料

姓名：＿＿＿＿＿＿＿＿＿＿　年齡：＿＿＿　性別：☐女 ☐男

聯絡電話：＿＿＿＿＿＿＿＿　E-mail：＿＿＿＿＿＿＿＿＿＿

地址：＿＿＿＿＿＿＿＿＿＿＿＿＿＿＿＿＿＿＿＿＿＿＿＿

學歷：☐高中(含)以下　☐高中　☐專科學校　☐大學

☐研究所(含)以上 ☐其他＿＿＿＿＿＿＿

職業：☐製造業 ☐金融業 ☐資訊業 ☐軍警 ☐傳播業 ☐自由業

☐服務業 ☐公務員 ☐教職　☐學生 ☐其他＿＿＿＿＿

請貼
郵票

To：114

台北市內湖區瑞光路 583 巷 25 號 1 樓

秀威資訊科技股份有限公司　　收

寄件人姓名：

寄件人地址：□□□

(請沿線對摺寄回,謝謝!)

秀威與 BOD

BOD（Books On Demand）是數位出版的大趨勢，秀威資訊率先運用 POD 數位印刷設備來生產書籍，並提供作者全程數位出版服務，致使書籍產銷零庫存，知識傳承不絕版，目前已開闢以下書系：

一、BOD 學術著作—專業論述的閱讀延伸
二、BOD 個人著作—分享生命的心路歷程
三、BOD 旅遊著作—個人深度旅遊文學創作
四、BOD 大陸學者—大陸專業學者學術出版
五、POD 獨家經銷—數位產製的代發行書籍

BOD 秀威網路書店：www.showwe.com.tw
政府出版品網路書店：www.govbooks.com.tw

永不絕版的故事・自己寫・永不休止的音符・自己唱